Die Klause der Illusionen. Aufzeichnungen aus drei Grashütten

MATSUO BASHÔ /
KAMO NO CHÔMEI / BAI JUYI

Die Klause der Illusionen. Aufzeichnungen aus drei Grashütten

Dieterich'sche
Verlagsbuchhandlung
Mainz

Die Klause der Illusionen

1689 UNTERNAHM DER Haiku-Dichter Matsuo Bashô seine berühmte Wanderung in die nördlichen Provinzen der Hauptinsel Japans: Sie führte ihn von Edo aus über Nikko parallel zum Pazifik bis Matsushima, dann durch die wilde Berglandschaft auf die andere Inselseite nach Sakata und nach einem Abstecher zur Bucht von Kisagata als nördlichstem Punkt der Reise südwestwärts am Japan-Meer entlang bis zur Bucht von Tsuruga und schließlich landeinwärts bis Ôgaki. Die Reise dauerte 150 Tage, dabei wurde eine Strecke von insgesamt etwa 2400 Kilometern zurückgelegt. Berühmt wurde sie durch Bashôs Reisetagebuch *Oku no hosomichi* (unter dem Titel *Auf schmalen Pfaden durchs Hinterland* von Géza S. Dombrady ins Deutsche übersetzt).

Um sich von den Strapazen der Reise zu erholen, kehrte Bashô über die Sommermonate 1690 in die ›Klause der Illusionen‹ am Biwasee ein. Der Klausenname *Genjûan*, wörtlich ›Klause des Wohnens in der Illusion‹ oder ›Klause des Verweilens im Wahn der Welt‹, ist keine Erfindung Bashôs. Er entspricht aber seiner buddhistischen Grundeinstellung, wonach die Welt illusionär, wahnhaft, ist.

Die buddhistische Lehre vom illusionären, unbeständigen Wesen der Welt bot einen Anknüpfungspunkt zu Poesie, Schönheit und Kunst. Die Versenkung in die vergängliche Schönheit von Natur und Kulturphänomenen, von Landschaften und Jahreszeiten, von menschlichen Zuständen und Begegnungen ließ sich als Mittel zur Erkenntnis der Verfasstheit der Welt – und damit zu ihrer ›Überwindung‹ im buddhistischen Sinn verstehen.

Genjûan no ki (›Aufzeichnungen aus der Klause der Illusionen‹) ist der Titel des umfangreichsten und bedeutendsten Haibun von Bashô. Den Text in der neu konzipierten literarischen Form der Kunstprosa im Geiste des Haiku hat er mehrfach um- und überarbeitet, bis er schließlich 1691 in der Anthologie *Sarumino* (›Das Affenmäntelchen‹) als Mustertext für ein Haibun aus der Bashô-Schule veröffentlicht wurde.

Bashôs Klause ist eine schlichte Hütte, geeignet für ein Einsiedlerleben in Ungebundenheit und selbstgewählter Einschränkung. Zur ›Klause der Illusionen‹ wird sie durch die ideale Naturlandschaft, die sie umgibt, durch den Dialog mit der ehrwürdigen Vergangenheit eines solchen Klausnerlebens, durch das Resümee des eigenen Lebens und durch die Reflexion über die menschlichen Behausungen als Metapher für die Unbeständigkeit des Seins.

Das *Genjûan no ki* steht in einer Tradition, die über das *Hôjôki* des japanischen Dichters Kamo no Chômei (1212) bis zum *Lushan caotang ji* (815) des Tang-Dichters Bai Juyi zurückreicht, als dem frühsten bekannten Vorbild für die nachfolgenden Beschreibungen des Lebens in einer einfachen Hütte in der Natur. Ausgehend von Bashô präsentiert der vorliegende Band anhand von drei herausragenden Beispielen der ostasiatischen Literatur diese Traditionslinie einer Uridee menschlicher Kultur.

Gemeinsam ist den drei Autoren Bai Juyi (772–846), Kamo no Chômei (1153–1216) und Matsuo Bashô (1644–1694) die Nähe zum Buddhismus. Bashô war kein Mönch, aber tief im Buddhismus verwurzelt. Buddhistische Unterweisung in die Meditation und Zen hatte er nur für kurze Zeit (1680/81) empfangen. Er gab sich – wie viele Intellektuelle der Zeit – äußerlich den Habitus eines Mönchs mit entsprechender Gewandung und geschorenem Kopf. Kamo no Chômei bezog seine Hütte als buddhistischer Laienmönch. Bai Juyi war gläubiger Buddhist, von seiner Hütte aus suchte er die buddhistischen Tempel in der Umgebung auf, um dort mit den Mönchen Chan-Meditation zu üben.

Alle drei Autoren sind in höfischer Umgebung aufgewachsen, waren hoch versiert in traditionellen und zeitgenössischen Formen der Dichtkunst und auch anderen Künsten wie der Musik oder der Malerei gegenüber aufgeschlossen. Aus unterschiedlichen Umständen und Gründen zogen sie sich zeitweise oder auf Dauer aus ihren städtischen Umgebungen in einfachste Behausungen in der Natur zurück, unternahmen eine Art Daseinsexperiment und prägten das ästhetische Ideal des Einsiedlerlebens.

Von Bashôs *Genjûan no ki* existieren (mindestens) vier Fassungen. Wir drucken zunächst das sog. ›überarbeitete Manuskript‹ (*saikô*) des Erstentwurfs in der Übersetzung von Ekkehard May ab: *Aufzeichnungen aus der Klause der Illusionen*. Die Unterschiede zur ›endgültigen Fassung‹ (*teikô*), die der Dichter schließlich für veröffentlichungsreif hielt und die 1691 in der Anthologie *Sarumino* erschien, sind erheblich. Die vergleichende Lektüre gibt neben den Briefen, in denen sich Bashô besonders mit seinem Schüler Kyorai ausführlich über die Anlage des Prototyps der neuen Prosaform im Geiste des Haiku austauschte, einen aufschlussreichen Einblick in den Gestaltungsprozess. Gelegenheit dazu bietet die hier ebenfalls abgedruckte deutsche Übersetzung der endgültigen Fassung von Jörg B. Quenzer: *Aufzeichnungen aus der Klause des Wahns*.

Alle vier Texte beeindrucken durch ihre unmittelbare poetische Wirkung. Zugleich bilden sie ein dichtes Netz von Anspielungen und Beziehungen, die ein allgemeines, literarisch interessiertes Lesepublikum im deutschen Sprachraum kaum ohne weiteres nachvollziehen kann. Entsprechend ausgiebig ist der Bedarf an Erläuterungen. Um beide Zugänge zu erschließen, drucken wir zunächst die klassischen Texte für sich ab, illustriert mit passenden Beispielen aus der Malerei, und bringen kommentierende Hinweise zu den Texten und ihren Autoren gesammelt im Anschluss.

Mainz, im Sommer 2023

MATSUO BASHÔ

Genjûan no ki

Aufzeichnungen aus der Klause der Illusionen

AUS DEM
JAPANISCHEN ÜBERTRAGEN
VON EKKEHARD MAY

Nun, da mir das fünfzigste Lebensjahr nicht mehr fern ist und ich zu einem alten Pfirsichbaum mit bitteren Früchten geworden bin, habe ich wie eine Schnecke mein Haus abgeworfen und mich wie ein *mino*-Würmchen von meinem Umhang getrennt. Ohne Ziel, nur vom Wind getrieben, will ich mich weiter auf den Weg machen.

Jener Sôkan hat angeblich morgens und abends das Essen in einem [benachbarten] Rasthaus gegessen; ich habe mir wie Nôin mit dem Almosenbeutel über der Brust bei Matsushima und Shirakawa das Gesicht von der Sonne verbrennen lassen und auf dem heiligen Berg Yudono meine Ärmel mit Tränen genetzt. Mein sehnlichster Wunsch war es, vom äußersten Soto-Gestade, wo der Vogel Utou ruft, noch einen Blick auf die Tausend-Inseln des Ezo-Landes zu werfen, doch mein Reisegefährte, ein Mann namens Sora, hatte mich zurückgehalten, warnte vor dem Risiko bei meiner schwachen Gesundheit. So besänftigte ich mein Herz und wandte mich von Kisagata aus auf den Weg über die Koshi-Provinzen zurück.

Am rauen Strand des Nordmeers, schmerzhaft zu laufen zwischen hohen Sanddünen, habe ich mir die Fersen versehrt; dieses Jahr treibe ich am Ufer des Sees dahin und suche eine Bleibe, ein Schilfblatt leibhaftig, das wie die schwimmenden Nester der Zwergtaucher in der Strömung Halt finden will.

›Klause der Illusionen‹ heißt die Hütte; der Berg wird Kokubu genannt. Weil hier ein alter Schrein steht, habe ich das Gefühl, auf natürliche Weise von allen ›Sechs Verursachungen‹ geläutert und vom Staub der Welt frei zu sein.

In der nun verlassenen Grashütte hatte einst der Onkel des tapferen Samurai Suganuma Kyokusui der Welt entsagend gelebt. Der Hausherr ist schon vor ungefähr acht Jahren verstorben; die Behausung blieb zurück als eine Stätte der Illusion. Erleuchtung und Wahn sind letzten Endes ein und dasselbe Wort. Keinen Augenblick darf man vergessen, wie rasch alles dem Vergehen anheimfällt.

Die Hütte liegt gar nicht so tief in den Bergen; menschliche Wohnstätten findet man in angemessener Entfernung. Sie steht auf einem Ausläufer des Iwama-Berges und hat den Ishiyama vor sich. Der duftende Südwind fällt von den Gipfeln herab, der Nordwind taucht in den See ein und ist erfrischend kühl.

Jetzt, zu Beginn des IV. Mondes, blühen zum Teil noch die Azaleen, die Dolden der wilden Glyzinien hängen in den Kiefern, ein *hototogisu* fliegt von Zeit zu Zeit vorüber, und sogar der Eichelhäher meldet sich mit seinem Ruf: ›Ich leih dir Unterschlupf!‹ Der Specht wird kaum hervorkommen und die Hütte zerklopfen. O Kuckuck, lass mich bei deinen Rufen die Einsamkeit spüren! An allem habe ich meine Freude und bin stillvergnügt dabei.

Die Landschaft hier braucht sich vor dem Anblick von ›Wu und Chu nach Osten und Süden‹ nicht zu schämen, und mit den ›Fünf Seen und Drei Buchten‹ dürfte es wohl kaum anders sein. Vom Hie-Berg und dem hohen Gipfel des Hira her hüllt Dunst die große Kiefer von Karasaki ein; die Burg von Zeze erglänzt zwischen den Ästen, die Brücke von Seta schließt sich an das Kiefernfeld von Awazu an, dort verweilt noch der Glanz der Abendsonne.

Der Mikami-Berg ähnelt mit seiner Gestalt dem ›Edlen Gipfel‹, dem Fuji, und erinnert mich an meinen früheren Wohnsitz in der Provinz Musashi. Am Tanakami-Berg kann man den Erinnerungen an viele Persönlichkeiten aus der Vergangenheit nachgehen. Dann gibt es noch die Berge Sasahogatake, Senjôga-mine und Hakamagoshi. Lustig, wenn man sagt, die Leute vom Kasatori-Berg [›wo man Bambushüte wegnimmt‹] hätten keine Hüte und die Einwohner vom Dorf Kurotsu [›schwarze Furt‹] wären vielleicht von einer dunklen Hautfarbe!

Um einen freieren Ausblick zu gewinnen, bin ich auf dem rückwärtigen Berg noch weiter nach oben gekrochen und habe mir aus Kiefernästen eine Plattform geflochten und eine runde Sitzmatte daraufgelegt. Das nenne ich meinen ›Affensitz‹.

Man hört, dass Xulao wie in einem Nest hoch auf einem *kaidô*-Baum gelebt hat, doch die Freuden des Weintrinkens hatte er mitten in der lärmerfüllten Stadt. Aber auch die Klause des erleuchteten Mönches Wang auf dem Zhubofeng-Gipfel erscheint mir nicht beneidenswert. Ich öffne meine Augen für das Nichts, sitze auf dem steilen Berghang und zerquetsche Läuse.

Wenn mir gerade wohl zumute ist, sammle ich Feuerholz, schöpfe frisches Wasser und spüre der Einsamkeit in den fallenden Tropfen nach, wie sie durch das Grün des kleinen Farnkrauts und des Einblatts laufen. Mein Leben fühlt sich leicht an mit einem Herd als einzigem Stück Hausrat.

Der Mann, der vor mir hier gewohnt hat, war wohl von hoher Denkungsart, nichts überflüssig Verfeinertes ist vorzufinden. Außer einem Extraraum für den Buddha-Altar gibt es nur noch einen Platz, die Bettsachen zu verstauen.

Unterdessen hörte ich, der Abt vom Rendai-Kloster auf dem Kôrasan sei in die Hauptstadt gekommen. So bat ich ihn über einen Mittelsmann um seinen Schriftzug auf einer Namenstafel. Ohne große Umstände hat er sogleich den Pinsel ergriffen und mir die drei Schriftzeichen ›Gen-jû-an‹ zugeschickt. Auf die Rückseite hatte er meinen Namen geschrieben, als Erinnerung für die Menschen, die sie nach uns sehen werden.

Eine Bleibe in den Bergen, Rast auf der Reise – was braucht man da schon für Gegenstände des täglichen Lebens? Meinen *hinoki*-Hut vom Kiso-Wege und meinen Regenumhang vom Koshi-Lande habe ich an den Pfosten über meinem Kopfkissen gehängt.

Um Mittag herum besucht mich der würdige Herr, der den Schrein betreut, ältere Leute kommen vom Dorfe her; sie erzählen mir Neuigkeiten: Wildschweine hätten den Reis verwüstet und gefressen, Hasen würden durch die Bohnenfelder laufen. So verbringe ich den Tag. Selten kommt Besuch [von weither]; die Nächte sitze ich still mit meinem Schatten an der Seite und halte Zwiesprache mit dem Halbschatten über Gut und Böse, Richtig und Falsch.

Aber bei alledem ist es nicht so, dass ich mich in der Wildnis zu verkriechen suche, nur weil ich die Abgeschiedenheit und die Stille über alles liebe.

Vielmehr ist mein kränklicher Körper der Menschen überdrüssig, und ich gleiche jemandem, der die Welt scheut.

Was ist zu sagen? Ich lebe weder unter mönchisch buddhistischen Regeln, noch bekleide ich ein Amt im weltlichen Bereich. Seit meiner frühesten Jugend gab es etwas, zu dem ich mich auf verrückte Weise hingezogen fühlte. Und weil ich auch für eine Weile meinen Lebensunterhalt damit bestreiten konnte, bin ich schließlich nur auf dieser einen Linie geblieben und schäme mich heute meiner Unfähigkeit und meiner mangelnden Talente. Ich habe mich angestrengt, doch meine Verdienste sind eitel und nichtig. Meine Geisteskräfte sind erschöpft, zerrunzelt ist meine Stirn.

Der Anblick der Landschaft am Morgen und Abend, jetzt, da der VII. Mond, der Frühherbst, schon zur Hälfte vorüber ist, sagt mir, dass auch dies hier nur eine Wohnstätte der Illusion, ein Trugbild ist.

Und so habe ich endlich auch diesen Ort verlassen.

MATSUO BASHÔ

Genjûan no ki

Aufzeichnungen aus der Klause des Wahns

AUS DEM
JAPANISCHEN ÜBERTRAGEN VON
JÖRG B. QUENZER

HINTER DEM Ishiyama (›Steinberg‹),[1] nördlich von Iwama (›Felsspalt‹),[2] liegt ein Berg, der sich Kokuboyama nennt. Er überliefert den Namen des ehemaligen Provinztempels,[3] der hier einst stand. Überquert man den kleinen Bach am Fuße des Berges und steigt einige hundert Schritte – drei Serpentinen – bergan, gelangt man an einen Schrein der Gottheit Hachiman.[4] Ob die verehrte Kultgestalt tatsächlich ein Bildnis des Amida[5] darstellt? Ein solcher Zusammenhang wird von den Verfechtern des ›Reinen Shintô‹[6] als Irrlehre abgelehnt; anders die Vertreter der Einheit von Buddhismus und Shintô: Sie verehren ihn als einen, der ›sein Licht dämpfend zu Nutz und Frommen der Menschen sich dem irdischen Staub anpasst‹.[7] Lange schon hat niemand mehr diesen Ort aufgesucht, und daher ist die Pforte der kleinen Hütte, die sich in einer einsamen und stillen Ecke findet, bereits stark überwuchert. Von Beifuß und Bambusgras sind die Traufen zugewachsen, die Wände zerfallen und das Dach ist durchlässig geworden – eine Schlafstätte für Fuchs und Dachs. Sie wird Genjûan genannt, ›Klause des Verweilens im Wahn der Welt‹. Der Mönch gleichen Namens,[8] der sie einst bewohnte, war ein Onkel des Samurai Saganuma, meines Schülers Kyokusui.[9] Doch inzwischen sind schon acht Jahre vergangen, und nichts ist geblieben ›im Wahn der Welt‹ als nur sein Name.[10]

Zehn Jahre ist es her, dass ich mich vom Stadtleben zurückzog[11] und kurz danach – obwohl ich bereits auf die Fünfzig zugehe – mein Schutzmäntelchen abgelegt[12] und das Schneckenhaus hinter mir gelassen habe. Die heißen Sommertage in Kisagata während meiner Reise in den Hinterlanden[13] haben mein Gesicht gebräunt, an der rauen Küste des Nordmeeres mit ihren schwer zu passierenden Dünen erwanderte ich mir wunde Füße[14] – dieses Jahr nun lasse ich mich von den Wellen des Biwa-Sees[15] treiben. Als würde ich mich dem schützenden Schilfschatten anvertrauen, genau wie das dahintreibende Nest des Zwergtauchers an einem Schilfstängel Halt sucht.[16]

Also besserte ich die Dachtraufen aus, flickte den Zaun, und bezog – zunächst nur für kurze Zeit – zu Beginn des vierten Monats diese Hütte, beschloss dann jedoch, sie auch für länger nicht wieder zu verlassen.[17]

Noch liegt ein letzter Frühlingshauch in der Luft, die Azaleen blühen und von den Kiefern hängen die Blüten der wilden Bergglyzinie herab. Von Zeit zu Zeit ertönt der Ruf des Bergkuckucks.[18] Da sich auch der Vogel ›Biete-Rast‹, nämlich der

Eichelhäher,[19] meldet, ist seinem Widerpart, dem Specht ›Tempelzerstörer‹,[20] nicht anders zumute: ist er sich ebenfalls nicht zu schade zu klopfen. All dies bereitet mir ein Vergnügen sondergleichen. Ich fühle mich nach China versetzt, wo der Geist die südöstlichen Gegenden von Wu und Chu[21] überfliegt, während der Körper an den Flüssen Xiao und Xiang, die den Dongting-See[22] nähren, verweilt … Südwestlich meiner Hütte ragen Berge empor, und die nächste menschliche Behausung ist in angemessener Entfernung. Von den südlichen Gipfeln herab weht eine Brise voller Wohlgeruch, der Wind des Nordens wiederum führt die erfrischende Kühle des Sees mit sich. Der Dunst, der vom mächtigen Berg Hie und von den Gipfeln des Hira[23] herabsteigt, verhüllt die ›Kiefer von Karasaki‹.[24] Auch ein Schloss ist vorhanden, desgleichen eine stattliche Brücke und Fischerboote.[25] Gesprächsfetzen von Holzfällern auf dem Weg nach Kasatori[26] sind zu hören, sowie Pflanzerlieder von den kleinen Feldern am Fuß des Berges, wo die Setzlinge aus den Frühbeeten gezupft werden; über ihnen klingt abgehackt der Ruf der Wasserrallen in die Abenddämmerung hinein, wo schon die Leuchtkäfer tanzen …[27] – es gibt nichts, woran es dieser schönen Landschaft mangeln würde. Da ist vor allem der Berg Mikami (›Dreier-Höhe‹)[28] dessen Gestalt dem Fuji ähnelt, und der in mir

Erinnerungen an meine alte Wohnstatt in der Ebene Musashino[29] weckt; weiterhin der Berg Tanakami (›Hoch-über-den-Feldern‹) mit seinen Spuren bedeutender Persönlichkeiten.[30] Darüber hinaus bin ich umgeben von den Bergen Sasaogatake (›Bambusgrasgipfel‹), Senjôgamine (›Tausend-Klafter-Spitze‹) und Hakamagoshi (›Hosenrock-Bund‹).[31] Der Nachbarweiler Kurozu (›Dunkle-Furt‹)[32] liegt tief im Schatten hoher Bäume, und wie in jenem Gedicht aus dem *Man'yôshû* ›schreiten in der Dunkelheit schmächtige Burschen die Fischwehre ab‹.[33]

Während ich mich noch frage, ob mir ein freier Ausblick gegönnt sein wird, klettere ich den hinter der Hütte gelegenen Gipfel hinauf. Dort habe ich mir aus Kiefernzweigen und Stroh ein rundes Sitzkissen gefertigt: *Saru no koshikake*, ›Affensitz‹,[34] habe ich diesen Ort genannt. Dennoch folge ich noch lange nicht Xu Quan, der ein Nest in jenem Zierapfelbaum zur Wohnstatt nahm, geschweige denn dem Alten Wang, der sich in seine Klause auf dem Berg Zhubofeng zurückzog.[35] Eher schon gleiche ich einem jener ›verschlafenen‹ Bergbewohner[36] und sitze oben in luftiger Höhe, die Beine unbekümmert von mir gestreckt, und knacke Läuse inmitten der einsamen Berge.

Steht mir danach der Sinn, gehe ich ins Tal, Wasser zu schöpfen, und koche mir etwas zu essen. Das herabtropfende Wasser lässt mich – wie in jenem Gedicht von Saigyô[37] – die tiefe Einsamkeit dieses Ortes spüren; die kleine Feuerstelle wiederum ist leicht zu handhaben. Mein Vorgänger muss wahrlich ein Mensch hohen Sinnes gewesen sein, hat er doch bei der Ausstattung der Hütte auf jeden unnützen Zierrat verzichtet. Lediglich eine schmale Nische für die Andachtsstatue, einen kleinen Buddha, hat er freigehalten, und eine Ablage für das Bettzeug eingerichtet.

Als der Abt vom Tempelberg Kôrasan[38] aus den Provinzen Chikuzen und Chikugo, der Sohn eines gewissen Kai vom Kamo-Schrein,[39] dieser Tage die Hauptstadt aufsuchte, bat ich ihn durch einen Mittelsmann um eine Kalligraphie von seiner Hand. Ohne weitere Umstände tauchte er den Pinsel ein und ließ mir eine Aufschrift mit den drei Zeichen ›Gen jû an‹ zukommen. Alsbald wurde sie mir zum Erinnerungsstück an den Aufenthalt in dieser Grashütte. Diese ist tatsächlich schlicht wie eine rechte Bergklause oder eine Reiseunterkunft und bedarf keines unnötigen Kleinkrams; lediglich ein Zypressenhut aus dem Kiso-Tal[40] und ein Schilfgrasumhang aus dem Hinterland[41] hängen am Pfeiler über meinem Kissen. Tagsüber taucht gelegentlich ein Besucher auf und erfreut mein Herz; auch der Alte, der den hiesigen Schrein betreut, oder einige Burschen aus dem Dorf kommen bei mir vorbei, zu Gesprächen über Dinge, die mir bislang unbekannt waren: über die Wildschweine, die sich an den Setzlingen der Reisfelder gütlich tun und dabei alles zerwühlen,[42] oder die Hasen, die ihre Bohnenbeete heimsuchen. Neigt sich die Sonne der Bergsilhouette zu, erwarte ich still in Meditation versunken den Mond und begleite die Schatten, die allmählich Gestalt annehmen, hole mir die Lampe und überdenke mit dem Halbschatten – meinem unwirklichen Gegenüber – die Prinzipien von Wahr und Falsch.[43]

Was ich bisher äußerte, heißt jedoch nicht, dass ich dieses Leben allein wegen meiner Liebe zur Stille führe und meine Spuren in der Wildnis zu verbergen suche.[44] Mein kränkelnder und erschöpfter Körper ist es, der mir den Umgang mit anderen erschwert und mich einem Menschen gleichen lässt, der sich von der Welt abwendet. Denke ich in aller Gründlichkeit über meine Vergangenheit nach und über die törichten Verfehlungen längst zurückliegender Monate und Jahre, erinnere ich mich mit neidvoller Wehmut daran, dass ich einst meinen notwendigen Lebensunterhalt in Staatsdiensten erworben habe.[45] Auch erwog ich einmal, hinter die ›Hecke Buddhas‹ zu gelangen und die Schwelle der ›Klause des Patriarchen‹ zu übertreten.[46] – Stattdessen aber setze ich meinen Körper dem ziellosen Treiben von Wind und Wolken aus[47] und mühe mich ab mit Gemütsregungen, die die

Welt der Blumen und Vögel in mir hervorrufen. Weil mir dies eine Weile sogar zum Lebensunterhalt wurde, bin ich letztlich nur diesem einen Pfad des Dichtens[48] gefolgt, unbegabt wie ich bin und ohne besondere Fertigkeit. Der Poet Bai Juyi zerstörte so die Harmonie seiner ›Fünf Eingeweide‹,[49] und Du Fu magerte ab über der Mühsal des Dichtens.[50] Doch ungeachtet dieser Unterschiede zwischen ›weise‹ und ›töricht‹, ›belesen‹ und ›einfältig‹[51] – verweilt nicht ein jeder ›im Wahn der Welt‹? Mit diesem Gedanken beschließe ich meine Überlegungen und begebe mich zur Ruhe.

Mazu tanomu
shii no ki mo ari
natsukodachi

Wohlgeborgen,
dort, wo die Eichen stehen,
in ihrem Sommerschatten ...[52]

KAMO NO CHÔMEI

Hôjôki

Aufzeichnungen aus den zehn Fuß im Geviert meiner Hütte

AUS DEM
JAPANISCHEN ÜBERTRAGEN VON
NELLY UND WOLFRAM
NAUMANN

1.

Der strom des dahinziehenden Flusses nimmt kein Ende, und doch ist es nicht das ursprüngliche Wasser. Die Schaumblasen,[1] die auf dem seichten Wasser schwimmen, vergehen und bilden sich neu, und es gibt kein Beispiel, dass sie für längere Zeit blieben. Geradeso verhält es sich mit den Menschen und ihren Behausungen auf dieser Welt.

In unserer Hauptstadt mit ihrem dahingebreiteten Glanz sind Behausungen von Hoch und Niedrig – Dachfirste aneinandergereiht, Firstziegel miteinander wetteifernd – Dinge, die nicht aufhören von Generation zu Generation; fragt man jedoch, ob dies wahr sei, so sind seit alter Zeit vorhandene Häuser eine Seltenheit. Sie sind entweder im vorigen Jahr abgebrannt und in diesem neu gebaut, oder ein großes Haus ist untergegangen und zu einem kleinen Haus geworden. Mit den darin wohnenden Menschen ist es dasselbe. Hat sich der Ort auch nicht verändert, und sind es der Menschen auch viele, so finden sich unter zwanzig, dreißig nur einer oder zwei, die man in früherer Zeit gesehen hat. Am Morgen stirbt der eine, am Abend wird der andere geboren – dieses Schicksal ist den Schaumblasen auf dem Wasser fürwahr gleich.

Man weiß nicht, woher sie kommen, wohin sie gehen, die Menschen, die geboren werden und sterben. Und man weiß nicht, um wessen willen sie ihr Herz quälen, weshalb sie ihr Auge sich erfreuen lassen bei ihrem flüchtigen Aufenthalt. Herr und Behausung wetteifern in der Vergänglichkeit nicht anders, wie Morgenwinde und Tau. Einmal fällt der Tau zu Boden und die Blüte bleibt. Selbst wenn ich sage, sie bleibt, so vertrocknet sie doch in der Morgensonne. Einmal verwelkt die Blüte und der Tau zergeht nicht. Selbst wenn ich sage, er zergeht nicht, so kommt es doch nicht vor, dass er den Abend erwartet.

II.

Seit ich das Herz der Menschen und Dinge kennengelernt habe, in mehr denn vierzig Lenzen und Herbsten, die ich zubrachte, geschah es häufig, dass ich die Zufälligkeiten dieser Welt gesehen habe.

Vor längerer Zeit – es war wohl der 28. Tag des Vierten Monats im ersten Jahre Angen (1177) – in einer unruhigen Nacht, in welcher der Wind heftig blies, brach etwa um die Stunde des Hundes[2] im Südosten der Hauptstadt ein Feuer aus und breitete sich nach Nordwesten hin aus. Am Ende griff es über bis zum Tor des Scharlachroten Vogels[3] und der Staatszeremonienhalle im Kaiserpalast, der Kanzlei für die Hochschulen und dem Ministerium für Bevölkerungsangelegenheiten, und innerhalb einer einzigen Nacht sank alles in Staub und Asche.

Das Feuer soll etwa bei der Higuchi- und Tomi-Gasse, in einer Hütte, in der man Tänzer beherbergte, ausgebrochen sein. Im gleichen Maße, in dem es im unstet umspringenden Wind hierhin und dahin übergriff, breitete es sich weithin aus wie der Rand eines geöffneten Fächers. Die weiter abliegenden Häuser erstickten im Rauch, in der näheren Umgebung trieb es die Flammenlohe gänzlich auf dem Boden dahin. Wenn die Asche am Himmel hoch hinaufgewirbelt wurde, spiegelte sie sich im Schein des Feuers, und weit und breit inmitten der Röte griffen die Flammen, welche vom Wind widerstandslos abgeschnitten wurden, weiter um sich, während sie zwei, drei Gassen übersprangen, als ob sie flögen. Ob die Menschen mitten hierinnen wohl bei Sinnen waren? Hier erstickten sie im Rauch und fielen nieder, da wurden sie in den Flammen bewusstlos und starben jählings. Dort wieder waren sie selbst zwar mit Mühe und Not entronnen, doch gelang es ihnen nicht, ihre Habe herauszubringen, und ihre seltenen und kostbaren Schätze wurden samt und sonders zu Asche. Wieviel wohl ging hier unnötig zugrunde! Es sind damals sechzehn Häuser von Kanzlern und Ministern verbrannt, ganz zu schweigen von den übrigen – ihre

Zahl zu erfahren, ist unmöglich. Alles in allem war ein Drittel der Hauptstadt betroffen. An Toten, Männern und Frauen, gab es mehrere Tausend;[4] in Bezug auf Pferde und Rinder ist das Ausmaß nicht bekannt.

Das Tun und Treiben der Menschen insgesamt ist töricht; Schätze zu vertun und sein Herz abzuquälen, um in einer derart gefährdeten Hauptstadt ein Haus zu errichten, das jedoch ist von allem wohl das sinnloseste!

Etwa im Vierten Monat des vierten Jahres Jishô (1180) wiederum geschah es, dass ungefähr bei der Mitteltor- und Äußeren Straße ein starker Wirbelsturm entstand und bis zur Sechsten Querstraße dahinfegte. Während der Sturm drei, vier Gassen durchtobte, gab es unter den in seiner Reichweite liegenden Häusern, großen wie kleinen gleicherweise, keines, das nicht zerbarst. Manche waren ganz flach zusammengestürzt, bei anderen waren nur Pfosten und Balken übriggeblieben. Der Sturm trug Tore davon und setzte sie vier, fünf Gassen weiter ab, oder er fegte Zäune hinweg und vereinigte sie mit dem Nachbarzaun. Man könnte sagen, die Habe aus den Häusern befand sich ganz und gar in der Luft; Dachbedeckungen – Zypressenrinde und Bretter[5] – wurden vom Wind herumgewirbelt wie Laub im Winter. Da es den Staub wie Rauch in die Höhe getrieben hatte, vermochten die

Augen nicht zu sehen, und da es furchtbar heulte und dröhnte, waren Stimmen, die Worte sprachen, nicht zu vernehmen. Ich denke, wäre es der Höllenwind[6] der Vergeltung – genau so müsste er sein! Nicht nur Häuser wurden beschädigt und zerstört, auch die Zahl der Menschen kenne ich nicht, die beim Ausbessern Schaden nahmen und zu Krüppeln wurden. Dieser Wind sprang in die Richtung des Widders[7] um und brachte viele Menschen zum Klagen.

Obwohl es immer vorkommt, dass Wirbelstürme toben, so fragte man sich doch: Kann es etwas Derartiges geben? Dieser Sturm kann doch nichts Gewöhnliches sein – ist es etwa gar die Mahnung eines entsprechenden Höheren Wesens?

Wiederum, im Sechsten Monat des vierten Jahres Jishô (1180) etwa, verlegte man plötzlich die Hauptstadt.[8] Dies kam ganz unerwartet. Ganz allgemein hat man gehört, dass Kyôto zu Zeiten des Kaisers Saga gegründet worden war,[9] und seit es zur Hauptstadt bestimmt wurde, waren bereits mehr als vierhundert Jahre vergangen. Da eine Hauptstadt nicht ohne Grund und leichthin gewechselt werden sollte, waren die Menschen auf dieser Welt darob beunruhigt und in Sorge, denn das ging doch wahrhaftig über alle Vernunft. Nun denn, dies und das zu sagen, hatte wenig Sinn, und – angefangen beim Kaiser – zogen Kanzler und Minister allesamt um. Von den Leuten, die in Diensten standen, blieb wohl nicht einer in der alten Heimat zurück. Wer seine Gedanken auf Amt und Rang gerichtet hatte, wer die Gunst eines Herrn suchte, mühte sich ab, sei's auch nur einen Tag schneller umzuziehen, und wer seine Zeit verpasst hatte, in der Welt überzählig war und nichts zu planen hatte, der blieb zurück in Gram und Sorge. Die Behausungen, deren Vordächer gewetteifert hatten, verwahrlosten, während die Tage vergingen, mehr und mehr. Häuser wurden zerlegt und den Yodo-Fluss hinunter geflößt,[10] die Erde wurde vor den Augen zum Acker. Die Herzen der Menschen wandelten sich, man schätzte nur noch Pferd und Sattel. Es gab niemanden, der Rind und Wagen verwendete.[11] Man erbat Lehen am Meer im Südwesten, Landgüter im Nordosten mochte man nicht.[12]

Zu jener Zeit ergab es sich, dass ich in die derzeitige Hauptstadt in der Provinz Settsu kam. Als ich die Lage des Ortes betrachtete, da war das Land ziemlich schmal und reichte nicht aus, um die Längs- und Querstraßen einzuteilen. Der Norden führt am Gebirge entlang und liegt hoch, der Süden ist dem Meer nahe und senkt sich. Das Geräusch der Wellen ist gewöhnlich laut und der Salzwind ist besonders heftig. Da der Palast in den Bergen liegt, dachte ich, ob er etwa der legendären Bohlenhalle[13] gleiche, doch er war von ungewöhnlicher Form und es gab sogar sehr elegante Partien. Wo mochten wohl die Häuser erbaut worden sein, die, so schmal der Fluss war, tagtäglich in Bruchstücken herabgeflößt wurden? Noch gab es viel leeres Land und der fertiggestellten Häuser waren wenige. Die alte Hauptstadt lag bereits verwahrlost, die neue war noch nicht fertig. Soweit sich Menschen hier befanden, riefen sie alle das Empfinden treibender Wolken hervor. Diejenigen, die ursprünglich an diesem Ort saßen, hatten ihr Land verloren und waren in Sorge. Die jetzt Hinzugezogenen klagten über ihre Mühen mit Erde und Bauholz. Betrachtete man ringsum die Straßen, so hatte das Pferd bestiegen, wer im Wagen fahren sollte, und wem Zeremonialhut und Hofgewand ziemte, der hatte sich in die Tracht der Krieger gekleidet. Die Sitten der Hauptstadt hatten sich unversehens geändert, es war nicht anders als eben bei bäuerischen Kriegern.

Wie ich gehört hatte, war dies wohl ein Vorzeichen für Wirren in der Welt, und so war es auch, und wie die Tage vergingen, erhob sich Tumult, die Herzen der Menschen waren unzufrieden, und da die Sorge des Volkes schließlich nicht leer und eitel gewesen war, kehrte man im Winter desselben Jahres wieder nach Kyoto zurück. Was immer aus den ganz und gar zerstörten Häusern geworden sein mochte – man baute sie allesamt nicht mehr in der ursprünglichen Art auf.

Es wird überliefert, in der Zeit der alten Weisen habe man die Welt mit Erbarmen regiert. Man deckte die Paläste mit Schilf, selbst die Vordächer putzte man nicht heraus; bemerkte der Kaiser Mangel an Rauch, wurden sogar bestimmte Abgaben erlassen. Das geschah, weil man geruhte, dem Volk Wohltaten zu erweisen und der Welt zu helfen.[14] Den Zustand der heutigen Welt kann man aus dem Vergleich mit der alten Zeit erkennen.

Wiederum – es war wohl in der Periode Yôwa (1181/82), es ist schon lange her und ich erinnere mich nicht genau – hungerte und dürstete die Welt zwei Jahre lang, und das war schrecklich. Einmal Trockenheit im Frühling und Sommer, einmal Stürme und Überschwemmungen im Herbst – ein ungutes Ereignis folgte dem anderen, und die Körnerfrüchte trugen allesamt nicht. Umsonst grub man im Frühling die Felder um, pflanzte man im Sommer aus – die lärmenden Lustbarkeiten des Schneidens im Herbst, des Einlagerns im Winter blieben aus.

Daher ließen die Leute in den verschiedenen Provinzen entweder ihr Land brach liegen und verließen ihr Gebiet, oder sie vergaßen ihre Familien und hausten in den Bergen.[15] Obwohl die verschiedensten Gebete begannen,[16] die ausgefallensten

Praktiken durchgeführt wurden, sie hatten doch keinen Erfolg. Da nach der Gewohnheit der Hauptstadt ein jedes Handwerk sein Rohmaterial vom Lande bezog, jetzt aber kein Mensch von dort in die Hauptstadt kam, wer hätte da noch an sich halten können! Während das Leben kaum noch zu ertragen war, sah überhaupt keiner hin, wenn man die verschiedensten Kostbarkeiten gleichsam eine nach der anderen wegwarf. Diejenigen, welche selten genug etwas tauschten, schätzten das Gold gering, das Getreide hoch. An den Wegen gab es viele Bettler, und ihre klagenden und jammernden Stimmen erfüllten die Ohren.

Solcherart ging das Vorjahr mit Mühe und Not dahin. Im selben Maße aber, in dem man gehofft hatte, das folgende Jahr werde alles gut machen, kamen noch Seuchen dazu, und es zeigte sich auch nicht die Spur einer Besserung. Da die Menschen in der Welt alle Hunger litten, entsprach ihre Lage, wie sie ihrem Ende entgegengingen, während die Tage verstrichen, dem Beispiel des Fisches im dahinschwindenden Wasser. Schließlich begaben sich wohl zurechtgemachte Leute,[17] den Hut aufgesetzt, die Füße umhüllt, nur eines im Sinn, bettelnd von Haus zu Haus. Sah man derart der Verzweiflung nahe Menschen eben noch gehen, lagen sie auch schon umgefallen da. Ich kenne die Zahl derer nicht, die vor dem Wall und neben den

Wegen Hungers starben. Weil man es nicht verstand, sie beiseite zu schaffen, erfüllte Gestank die Welt, und der Zustand der verwesenden Gestalten bot häufig einen unerträglichen Anblick. Man kann sagen, im trockenen Flussbett[18] etwa gab es nicht einmal mehr einen Weg, auf dem Pferd oder Wagen verkehren konnten. Da auch die armseligen Gebirgler ihre Kräfte verbraucht hatten und sogar das Brennholz knapp wurde, brachen Leute, die sich nicht anders helfen konnten, eigenhändig ihr Haus ab und verkauften es auf dem Markt. Der Wert dessen, was ein Einzelner herbeitrug, reichte nicht aus, um sein Leben auch nur einen Tag zu fristen. Ging man der sehr merkwürdigen Tatsache nach, dass mit dem Brennholz auch Hölzer vermischt waren, die mit Zinnoberlack versehen waren oder an denen hie und da Vergoldung sichtbar wurde, so stellte sich heraus, dass Menschen, die sich keinen Rat wussten, in alten Tempeln Buddhastatuen gestohlen, Geräte in den Klosterhallen zerschlagen und mitgenommen und gespalten und zu Brennholz gebrochen hatten. Geboren in das Weltalter des Unreinen und Bösen,[19] habe ich derart herzbetrübendes Tun gesehen.

Wiederum gab es sehr ergreifende Dinge. Von solchen, die Gattin oder Gatten besaßen, welche sie nicht lassen mochten, ging gewiss derjenige mit dem tieferen Gefühl im Tode voraus. Der Grund lag darin, dass sie sich selbst hintanstellten und für den anderen sorgend, ihm die so selten erlangten Nahrungsmittel überließen. Wo Eltern und Kinder beisammen waren, gingen deshalb mit Gewissheit die Eltern voraus. Es kam auch vor, dass zarte Kinder dalagen, während sie noch an der Brust saugten, unwissend, dass das Leben ihrer Mutter erloschen war. Den ehrwürdigen Mönch Ryugyô, einen Priester aus dem Ninna-Kloster,[20] betrübte dieses ungezählte Sterben, und jedes Mal, wenn er das Haupt eines Toten erblickte, schrieb er auf seine Stirn den Buchstaben A[21] und betrieb so das Werk der Erlösung. Als man, um die Zahl der Menschen zu ermitteln, während zweier Monate – im Vierten und im Fünften Monat – eine Zählung durchführte, waren es in der Hauptstadt, und zwar an den Straßen südlich der Ersten und nördlich der Neunten Querstraße sowie westlich der Äußeren Straße und östlich der Scharlachvogelstraße,[22] insgesamt 42 300 Häupter. Doch ist zu sagen, dass viele davor und danach starben, und rechnet man diejenigen im trockenen Flussbett, in Shirakawa, im Westteil der Hauptstadt, in den umliegenden Gebieten dazu, dürfte die Zahl wohl kein Ende nehmen. Was aber soll man erst sagen im Hinblick auf die verschiedenen Provinzen an den Sieben Landstraßen!

Man hört zwar, dass es während der Regierungszeit des Kaisers Sutoku, etwa um die Periode Chôjô

(1134), ein Beispiel für solche Not gab; die Zustände in jener Zeit sind mir jedoch nicht bekannt, während das, was ich vor Augen hatte, eine außergewöhnliche Begebenheit war. Wiederum etwa um dieselbe Zeit (1185) gab es ein schreckliches Erdbeben.

Sein Verhalten war ganz ungewöhnlich. Berge stürzten ein und begruben die Flüsse, das Meer neigte sich und ertränkte das Festland. Die Erde spaltete sich und Wasser sprudelte hervor, Felsen barsten und rollten in die Täler, Boote, die an der Küste ruderten, wurden von den Wellen dahingetrieben, Pferde, die auf den Wegen gingen, verfehlten den Standort ihrer Füße. Nicht ein einziger von den Tempeln und Türmen allenthalben in der Umgebung der Hauptstadt war mehr ganz. Die einen waren eingestürzt, die anderen waren umgefallen. Staub und Asche stiegen auf, es war wie Rauch in voller Entfaltung. Der Lärm der bebenden Erde und der brechenden Häuser war nicht anders denn Donner. Befand man sich im Haus, konnte man plötzlich erdrückt werden. Lief man hinaus, spaltete sich die Erde. Da man keine Flügel hatte, konnte man wohl nicht am Himmel fliegen. Ach, wäre man ein Drache, so könnte man auf den Wolken reiten! Ich hatte das Gefühl, das Furchtbarste unter dem Furchtbaren war gewiss das Erdbeben.

Obwohl das Beben in dieser entsetzlichen Art eine Weile aufgehört hatte, nahmen doch die Nachbeben einige Zeit kein Ende. Es gab keinen Tag, an dem die Erde nicht zwanzig-, dreißigmal in einem für gewöhnliche Zeiten erschreckenden Maße bebte. Als zehn, zwanzig Tage vergangen waren, wurden die Abstände allmählich länger, einmal bebte es vier-, fünfmal, dann zwei-, dreimal, wiederum einmal jeden zweiten Tag, einmal in zwei, drei Tagen – alles in allem werden die Nachbeben wohl etwa drei Monate gedauert haben.

Selbst wenn unter den Vier Elementen Wasser, Feuer und Wind immer Schaden verursachen, so bringt doch die Erde keine besonderen Störungen hervor. In alter Zeit, wohl in der Periode Saikô (855), erschütterte zwar ein gewaltiges Beben die Erde, bei welchem der Kopf der Buddhastatue im Kloster Tôdai[23] herunterfiel und sich fürchterliche Dinge ereigneten, doch dem diesmaligen Beben kam es nicht gleich. Es hatte ganz den Anschein, als ob die Menschen alle von der Nichtigkeit des Daseins sprachen und als ob die Trübung ihrer Herzen leichter geworden sei, doch jetzt, nachdem sich Monde und Tage häuften und Jahre darüber vergangen sind, gibt es nicht einen Menschen, welcher im Gespräch darauf anspielt.

Alles zusammengenommen verhält es sich ebenso mit dem flüchtigen und eitlen Zustand unseres Selbst und unserer Behausungen, unseres widerwärtigen Aufenthaltes in dieser Welt. Was alles je nach dem Ort, je nach dem Leib das Herz quält – es ist ja nicht aufzuzählen.

Hier: einer, welcher selbst nicht zählt und neben einem Haus von Rang und Vermögen wohnt – selbst wenn er Anlass zu tiefer Freude hat, kann er sich nicht ausgiebig vergnügen. Und wenn ihn Schmerz durchfährt, so wird er keineswegs seine Stimme erheben und weinen. Unruhe bei jedem Schritt, ängstliches Zittern bei jeder Bewegung, das ist – vergleicht man es – etwa so, wie wenn der Sperling sich dem Nest des Falken genähert hat. Da: einer, der arm ist und in der Nachbarschaft eines reichen Hauses wohnt – er schämt sich morgens und abends seiner erbärmlichen Aufmachung, und speichelleckend geht er ein und aus. Sieht er den Neid von Frau und Kindern, Dienern und Sklaven, hört er das Maß an Unhöflichkeit der Leute aus reichen Familien, so rührt sich sein Herz voller Mitempfinden und nicht einen Augenblick fühlt er sich beruhigt. Hier wiederum: wohnt man an eng bebautem Ort, so gibt es kein Entrinnen, wenn in der Nähe ein Feuer ausbricht. Dort: hält man sich an entlegenem Ort auf, so machen Hin- und Rückweg zur Stadt viel Mühe, und es besteht in hohem Maße Gefahr durch Räuber. Wiederum: wer Macht besitzt, dessen Begierden gehen tief; wer allein steht, wird von den Menschen missachtet. Besitzt man Schätze, so ist man voller Furcht, ist man arm, quält das Bedauern. Bittet man Menschen, so wird man selbst zum Besitz des anderen. Nimmt man jemanden unter seine Fittiche, so zehrt sich das Herz in Zuneigung auf. Folgt man der Welt, bereitet man sich Bitternis, folgt man ihr nicht, so gleicht man einem Verrückten. Welchen Ort auch immer man besetzt, welcher Beschäftigung man nachgeht – für ein Weilchen sollte man seinem Leib Herberge gönnen, für eine kurze Zeit das Herz ruhen lassen.

III.

Ich habe das Haus meiner Großmutter väterlicherseits weitergeführt und wohnte für längere Zeit an jenem Ort. Später fehlten mir verwandtschaftliche Beziehungen,[24] es ging mir schlecht, und obwohl mir die Erinnerungen üppig wucherten, war ich schließlich nicht im Stande, jenes Haus zu halten. Als ich über dreißig war, baute ich mir dann ein Häuschen nach meinem Herzen. Stellte man es neben meine frühere Behausung, so wäre es ein Zehntel davon. Ich richtete nur einen Wohnbau her, flink ein ganzes Anwesen hinzustellen, dazu reichte es nicht. Ich kann zwar sagen, dass ich gerade noch einen Erdwall aufgeschüttet habe, aber für das Tor fehlten die Mittel. Mit Bambus als Pfosten brachte ich den Wagen unter Dach. Sobald es schneite und stürmte, war es keineswegs ungefährlich. Da der Ort dem Flusslauf nahe lag, bestand Wassersgefahr, und auch Räuber[25] waren häufig zu fürchten.

Im ganzen waren es mehr denn dreißig Jahre, dass ich mein Herz quälte, indem ich ein unerträgliches Leben geduldig hinbrachte. In dieser Zeit haben mir die gelegentlichen Missverständnisse mein zu kurz geratenes Los von allein zum Bewusstsein gebracht. So habe ich, als ich dem fünfzigsten Lenz entgegenging, das Haus verlassen und habe der Welt den Rücken gekehrt.[26] Da ich von Anfang an weder Frau noch Kind besaß, gab es auch keine Verbindung, der schwer zu entsagen war. Ich hatte weder Amt noch Lehen, woran wohl hätte ich mich da noch klammern sollen! Eitel mich auf die Wolken des Ôhara-Berges bettend,[27] verbrachte ich wiederum fünfmal Frühling und Herbst.

Hier kam es nun so weit, dass der Tau der sechzig Lebensjahre[28] sich anschickte dahinzuschwinden, und wieder baute ich mir eine Hütte, die letzte. Es ist gleichsam, als baute ich die Unterkunft eines Wanderers für eine Nacht, als beschäftigte ich mich mit dem Kokon einer alt gewordenen Seidenraupe. Stellte ich diese Hütte neben jene mittlere Behausung, sie erreichte wiederum nicht deren hundertsten Teil. Wie man so sagt – das Alter wird von Jahr zu Jahr höher, die Behausung wird von Mal zu Mal enger. Der Zustand dieses Hauses gleicht nicht dem Alltäglichen. In die Breite sind es gerade zehn Fuß, in die Höhe kaum sieben. Da ich mich auf den Ort nicht festgelegt habe, baute ich, ohne den Boden in Besitz zu nehmen. Ich habe ein Fundament aus Erde gebildet, habe ein Dach gedeckt, an den Fugen habe ich Krampen angebracht. Gäbe es etwas, was meinem Herzen missfällt, so könnte ich daher leicht an einen anderen Ort ziehen. Was macht der Wiederaufbau schon für Mühe! Aufzuladen sind kaum zwei Wagen voll, und außer dem Lohn für die Wagenknechte sind keine weiteren Mittel vonnöten.

Nun, nachdem ich tief hinten auf dem Hino-Berg meine Spur verborgen hatte, steckte ich im Osten ein Vordach von mehr als drei Fuß auf und machte es zur Vorrichtung, wo ich das Reisig breche und verbrenne. Im Süden habe ich einen Rost aus Bambus hingebreitet, im Westen machte ich mir ein Sims für Opferwasser,[29] gegen Norden zu, abgetrennt durch einen Wandschirm, habe ich ein Bild des Amida aufgestellt, daneben habe ich ›Fugen‹ hingeschrieben und davor habe ich das Lotos-Sutra[30] hingelegt. Am Ostrand habe ich Farnwedel ausgebreitet und mir zum Nachtlager bestimmt. Im Südwesten habe ich ein Hängeregal aus Bambus errichtet und drei schwarze, lederbezogene Deckelkästen daraufgestellt. In diesen liegen Abschriften und Auszüge von Werken über Dichtkunst und Musik, die ›Sammlung der wichtigsten Beispiele einer glücklichen Wiedergeburt‹,[31] und ähnliches. An der Seite stellte ich je eine Zither und eine Laute hin. Es ist eine Falt-Zither und eine Laute mit abnehmbarem Hals. So also ist es in meiner flüchtigen Herberge.

Um nun von der Art der Örtlichkeit zu sprechen: im Süden gibt es eine Wasserleitung. Ich habe Felsgestein aufgestellt und das Wasser gesammelt. Da sich Waldbäume in der Nähe befinden, besteht kein Mangel an Geäst zum Auflesen. Mit Namen heißt der Ort Toyama, Vorberg.

Immergrüne Ranken begraben jede Spur. Obwohl das Tal dicht bewachsen ist, bleibt es nach Westen zu offen.[32] Es fehlt also nicht an Gelegenheit, die Gedanken dorthin zu richten. Im Frühling sehe ich die Wellen der Glyzinienblüten. Sie gleichen jener violetten Wolke (auf der Amida und die Bodhisattvas in der Todesstunde uns im Westlichen Paradies entgegenkommen), und sie duften im Westen. Im Sommer höre ich den Kuckuck. Sooft er ruft, verspricht er mir sein Geleit auf dem Bergpfad ins Totenland. Im Herbst erfüllen die Stimmen der Zikaden das Ohr. Es hört sich an, als ob sie klagten über diese sterbliche Welt. Im Winter gehört mein Empfinden dem Schnee. Wie er sich häuft und wie er dahinschmilzt, das sollte man der Sünde vergleichen. Macht mir das Anrufen Buddhas Mühe, will mir das Lesen der Sutren nicht gelingen – dann ruhe ich von alleine, faulenze von alleine. Kein Störenfried ist da, und auch kein Unwürdiger ist da. Insbesondere lässt sich, auch ohne dass ich mich der Übung des Schweigens befleißige, das Verhalten des Mundes meistern, da ich allein bin. Und sind Verbote[33] auch nicht unbedingt einzuhalten, womit wohl sollte ich sie brechen, da kein Gegenstand hierfür vorhanden ist! Einmal, in der Frühe eines Morgens, an dem ich diesen Leib der weißen Wellenspur vergleiche, betrachte ich die Boote, die bei Okanoya gehen und kommen und stehle so dem Mönche Man das elegante dichterische Bild;[34] einmal, an Abenden, an denen der Wind in den Zimtbäumen[35] die Blätter rascheln lässt, gedenke ich des Flusses bei Hsinyang[36] und lerne so das Verhalten von Gen Totoku.[37] Ein andermal gibt es Unterhaltung: da geselle ich dem Rauschen der Kiefern gar häufig die Weise ›Herbstwindvergnügen‹ bei, und zu den Tönen des Wassers spiele ich die Melodie ›Fließender Quell‹.[38] Ist meine Kunst auch ungeschickt, so muss sie auch nicht das Ohr der Menschen erfreuen. Ich spiele allein, ich singe allein, und dies dient lediglich der Erquickung meines eigenen Herzens.

Wiederum: am Fuße des Berges gibt es eine Reisighütte. Es ist der Ort, wo sich der Waldhüter dieses Berges aufhält. Dort gibt es einen kleinen Jungen. Er kommt von Zeit zu Zeit und wir besuchen uns gegenseitig. Manchmal, wenn ich Langeweile habe, nehme ich ihn mir zum Gefährten und wir wandern umher. Er ist zehn Jahre alt, ich bin sechzig. Ist unser Alter auch außerordentlich verschieden, so ist der Trost der Herzen doch derselbe. Wir ziehen Schilfblüten[39] aus, sammeln Moosbeeren, pflücken die Früchte von den Yamsranken, rupfen wilden Kerbel. Oder wir begeben uns auf die Reisfelder am Bergsaum, lesen die abgefallenen Rispen und setzen Häufchen zum Trocknen auf. Oder wir besteigen bei heiterem Wetter den Gipfel, erblicken in weiter Ferne den Himmel über dem heimatlichen Kyôto, sehen den Kohata-Berg, das Dorf Fushimi, Toba und Hatsukashi. Da Aussichtsplätze keinen Herrn haben, hindert uns niemand, unser Herz zu ergötzen. Das Herumgehen macht keine Mühe, und wenn das Herz weiter gelangen möchte, so folgt von hier Gipfel auf Gipfel, wir überschreiten den Sumi-Berg, lassen den Kasatori hinter uns, oder wir pilgern nach Iwama, oder wir betrachten den Ishi-Berg. Oder wir wandeln wiederum auf den Spuren des Alten der Zikadenlieder,[40] indem wir die Heide von Awazu durchstreifen, und wir überqueren den Tanakami-Fluss und besuchen das Grab des Sarumaro Môchigimi.[41] Je nach der Jahreszeit erhaschen wir auf dem

Heimweg Kirschblüten, suchen herbstrotes Ahornlaub, brechen Farn, lesen Baumfrüchte auf, und einmal bringen wir sie Buddha dar, einmal nehmen wir sie als Mitbringsel nach Hause. Ein andermal, in stiller Nacht, gedenke ich beim Mond im Fenster der alten Freunde, und beim Schrei der Affen benetze ich meinen Ärmel.[42] Die Leuchtkäferchen im Gebüsch sind kaum zu unterscheiden von den Fackeln der Fischer bei Makinoshima[43] weit in der Ferne, und der Regen im Morgendämmern gleicht unwillkürlich dem Sturm, der durch die Blätter der Bäume pfeift.[44] Höre ich den Kupferfasan sein *horohoro* rufen, so frage ich mich, gilt's dem Vater, gilt's der Mutter?[45] Und daran, wie die Hirsche vom Gipfel sich an meine Nähe gewöhnt haben, erkenne ich, wie weit ich von der Welt entfernt bin. Oder wiederum: ich schüre das unter der Asche begrabene Feuer wach und mache es zum Gefährten meiner Altersschlaflosigkeit. Da dies kein schauerlicher Berg ist, habe ich auch Mitgefühl für den Ruf der Eule,[46] doch auch damit lässt sich die Stimmung in den Bergen je nach der Jahreszeit nicht erschöpfen. Ich möchte sagen, für einen Menschen, der tief empfinden und tief erkennen möchte, gibt es gerade hier keine Grenzen.

IV.

Zwar dachte ich, die Zeit, seit ich hier angefangen habe zu wohnen, sei nur ein Weilchen; aber alles in allem sind jetzt bereits fünf Jahre vergangen. Auch die flüchtige Herberge ist schon zur alten Heimat geworden, tief liegen die verwelkten Blätter in der Traufe, auf dem Erdgrund ist Moos gewachsen. Höre ich von alleine und durch Zufall von der Hauptstadt, nachdem ich mich hier in die Berge zurückgezogen habe, so ist gar oft zu erfahren, dass hochmögende Leute verstorben sind. Wie könnte man da erst die Zahl derer kennen, die nicht zu diesen Kreisen zählen! Wie viele Häuser, die bei den häufigen Feuersbrünsten zugrunde gegangen sind! Nur in meiner flüchtigen Herberge, da ist es behaglich und nichts ist zu fürchten. Selbst wenn ich sage, dass es ziemlich eng ist, so ist doch ein Schlafplatz da, um mich nachts auszustrecken, und es ist ein Sitz da, um mich bei Tage aufzuhalten. Das ist nicht unzureichend, um einen einzelnen Menschen zu beherbergen. Der Einsiedlerkrebs liebt eine kleine Muschel. Das ist, weil er seinen Körper kennt. Der Fischadler hält sich am rauen Strand auf. Das ist, weil er den Menschen fürchtet. So ist es auch mit mir. Da ich meinen Leib kenne und da ich die Welt kenne, trage ich kein Verlangen und hetze mich nicht ab. Nur die Stille mache ich zu meinem Begehren, und die

Leidlosigkeit mache ich zu meinem Vergnügen. Überhaupt, was die Gewohnheit der Menschen dieser Welt angeht, Behausungen herzustellen, so machen sie diese gewiss nicht des eigenen Leibes wegen. Sie richten sie entweder für Frau und Kinder und für Familienangehörige her, oder für Nahestehende und Freunde. Oder man stellt sie sogar für seinen Herrn und für den Lehrmeister her, und für Schätze, Rinder und Pferde. Ich nun habe sie mir jetzt für meinen Leib geschaffen. Ich habe sie nicht für andere hergestellt. Fragt einer nach dem Grund: nach der Gewohnheit dieser Welt, nach dem Befinden meiner selbst gibt es keinen Menschen, der mir zu folgen hätte, gibt es keinen Diener, den ich zu bitten hätte. Auch wenn ich weiträumig bauen würde – wen sollte ich beherbergen, wen sollte ich mir hereinholen?

Wie ist es denn: solche, welche die Freunde anderer sind, schätzen das Reichsein, und sie stellen voran, dass man sie umsorgt. Ganz gewiss mögen sie es nicht, wenn einer Erbarmen zeigt oder wenn er ehrlich ist. Das kann wohl an die Freundschaft mit Saiten- und Blasinstrumenten, mit Blumen und Mond nicht heranreichen. Für die, welche die Diener anderer sind, ist Lob und Tadel von Bedeutung, und sie stellen voran, dass man sie mit Gnade überhäuft, doch sie begehren weder Fürsorge und Mitgefühl, noch Frieden und Stille. Das reicht an die Verwendung des eigenen Leibes als Diener nicht heran. Wie das ist, wenn man sich selbst zum Diener macht? Nun, falls es etwas zu tun gibt, dann benützt man eben den eigenen Körper. Wenn das auch nicht mühelos vor sich geht, so ist es doch einfacher, als andere sich unterzuordnen und andere zu beaufsichtigen. Falls es etwas zu laufen gibt, so läuft man eben selbst zu Fuß. Ich muss zwar sagen, dass dies beschwerlich ist, doch an die Quälerei mit Pferd und Sattel, Rind und Wagen kommt es nicht heran. Jetzt teile ich meinen Körper und vollbringe zweierlei Geschäfte. Die Hände als Diener, die Füße als Fahrzeug, das gefällt meinem Herzen wohl. Da mein Herz die Mühsal des Körpers erkennt, gewährt es ihm Ruhe, wenn er leidet, und wenn er frisch ist, benützt es ihn. Auch wenn es ihn benützt, treibt es ihn doch nicht über die Maßen an. Und hat er keine Lust, so rührt dies nicht das Herz. Ja, ich sollte sogar sagen, dass ich für gewöhnlich zu Fuß gehe und dass ich für gewöhnlich arbeite, das muss wohl die natürlichen Anlagen stärken. Was denn, mutwillig werde ich nicht mit der Arbeit aufhören! Andere zu quälen, ist sündhaftes Tun. Wie sollte man da die Kraft anderer borgen! Auch mit Kleidung und Essen ist es dasselbe. Ein Gewand aus Glyzinienbast,[47] Bettzeug aus Hanfleinen, wie ich es gerade bekomme – damit verhülle ich meinen Leib; die jungen Blätter der

Wildastern von der Heide, Baumfrüchte vom Berggipfel, sie reichen, um das Leben zu fristen. Mischt man sich nicht unter die Menschen, so entsteht auch keine Reue aus Scham über das Aussehen. Da der Mundvorrat ärmlich ist, lässt er auch einfache Essensgaben süß munden. Von solchen Freuden spreche ich nicht zu reichen Leuten. Ich nehme nur mich allein und vergleiche Vergangenheit und Heute.

Es ist doch so: die Drei Welten,[48] alle Dinge – sie sind allein mein Herz hier. Ist das Herz nicht im Frieden, dann nützen weder Elefanten und Pferde noch die Sieben wunderbaren Dinge,[49] und weder Paläste und Hallen noch Türme und Schlösser bedeuten Hoffnung. Jetzt, meine einsame Wohnstatt, mein einräumiges Hüttchen, dies liebe ich von Herzen. Selbst wenn ich sage, dass ich mich meiner Bettlerhaftigkeit schäme, sofern ich zufällig in die Hauptstadt gelange – bin ich zurückgekehrt und befinde mich wieder hier, dann fühle ich Mitleid mit all denen, die dem irdischen Staub nachjagen. Wenn einer bezweifelt, was ich hier sage: er betrachte die Welt von Fisch und Vogel! Der Fisch wird des Wassers nicht überdrüssig. Da ich kein Fisch bin, kenne ich sein Herz nicht. Der Vogel verlangt nach dem Wald. Da ich kein Vogel bin, kenne ich sein Herz nicht. Mit der Empfindung für das zurückgezogene Leben verhält es sich ebenso. Wer wird sie erfassen, ohne je so gewohnt zu haben!

V.

Nun, mein Leben neigt sich wie der helle Mond, nur wenig noch und er ist dem Rand der Berge nahe. Jählings werde ich der Finsternis der Drei Jenseitswege[50] entgegentreten müssen. Welche Werke kann ich dann zur Entschuldigung vorschützen? Der Sinn dessen, was Buddha lehrt, ist: du sollst dein Herz nicht an die Dinge hängen! So gereicht es mir auch zur Sünde, dass ich jetzt mein Grashüttlein liebe. Und dass ich mich an die Zurückgezogenheit klammere, muss mir ebenfalls zum Hemmnis werden. Wie bringe ich doch die kostbare Zeit dahin, indem ich von den unwesentlichen Freuden berichte!

In stiller Morgendämmerung denke ich über die Gründe nach, ich frage selbst mein Herz und sage: Die Welt fliehen und die Wälder aufsuchen, das heißt: das Herz reinigen und den Weg Buddhas üben. Du aber hast zwar das Aussehen eines Heiligen, doch dein Herz ist durch und durch unlauter. Selbst wenn ich sage, dass ich mit meiner Behausung das Andenken des Laienbruders Vimalakirti[51] beschmutzt habe, so reicht doch das, was ich eingehalten habe, noch nicht einmal heran an das Tun von Suddhipanthaka, des faulsten unter Buddhas Jüngern. Quäle ich mich etwa wegen der Vergeltung durch Armut? Oder hat mein Herz in seinem Wahn den Gipfel der Tollheit erreicht? Doch da gab mein Herz keine Antwort. Nur die Zunge allein setzte ich in Bewegung, sprach zwei-, dreimal ein leeres Amida Buddha[52] und hielt inne.

Dies hat der Mönch Ren'in[53] am letzten Tag des Dritten Monats im zweiten Jahre Kenryaku (1212) in seiner Hütte auf dem Toyama aufgezeichnet.

BAI JUYI

Lushan caotang ji

Aufzeichnungen aus meiner grasgedeckten Hütte[1] *im Lu-Gebirge*

AUS DEM
CHINESISCHEN ÜBERTRAGEN VON
VOLKER KLÖPSCH

An wundersamer Schönheit kommt keine Berglandschaft auf der Welt dem Lu-Gebirge gleich.[2] Im Norden dieses Gebirges erhebt sich das Räucherbecken, auf dessen Nordseite sich der Tempel der gespendeten Liebe findet. Zwischen diesem Gipfel und dem Tempel erstreckt sich eine überwältigende Landschaft, die wiederum im Lu-Gebirge ihresgleichen sucht. Als ich ihrer im Herbst des Jahres 816 ansichtig wurde, empfand ich Liebe auf den ersten Blick. Mir kam es vor, als wäre ich von einer langen Reise endlich heimgekehrt, und ich konnte mich von diesem Anblick gar nicht losreißen. Daher ließ ich im Schatten des Tempels und mit Blick auf den Berg eine grasgedeckte Hütte errichten.

Im Frühling des folgenden Jahres war das Bauwerk fertig. Es bestand aus drei Räumen, unterteilt von zwei Säulen, und vier Fenster erhellten die beiden Seitengemächer. In seinen Abmessungen und Proportionen entsprach es genau meinen Vorstellungen und Möglichkeiten. Das Tor öffnete nach Norden, um eine kühle Brise hereinzulassen und die ärgste Hitze abzuhalten. Der First zeigte nach Süden, um die Sonnenstrahlen aufzunehmen und vor der schlimmsten Kälte zu schützen. Die Balken waren behauen, doch nicht rot bemalt, die Mauern verputzt, aber nicht weiß gekälkt. Die Stufen waren aus Stein gefügt, die Fenster mit Papier beklebt, und die Vorhänge bestanden aus Bambus und Jute, alles ganz zu meiner Zufriedenheit. Der mittlere Raum war mit vier hölzernen Sitzmöbeln,[3] zwei schlichten Wandschirmen, einer lackierten Zither sowie allen möglichen Büchern zu Konfuzianismus, Daoismus und Buddhismus ausgestattet.

Nachdem ich diese Hütte in Besitz genommen hatte, blickte ich hinauf zu den Bergen, lauschte hinab auf die Quellen, musterte Bambus und Bäume, Wolken und Felsen, und der Wunder war von morgens bis abends kein Ende. Im Nu war ich dem Zauber der Berge erlegen und der Geist fand Frieden. Nach einem Tag hier fühlte sich mein Leib erholt, nach zwei Tagen kam mein Herz zur Ruhe, und nach drei Tagen geriet ich in einen Zustand völliger Selbstvergessenheit, ohne recht zu wissen, wie mir geschah. Ich fragte mich selbst nach den Gründen, und die Antwort lautete:

Vor meinem Haus liegt ein Stück ebenes Land von hundert Fuß Umfang, und darinnen eine halb so große Terrasse, an die sich südlich ein viereckiger Teich von doppelter Größe anschließt. Um den Teich drängen sich Bergbambus und Wildpflanzen, in seinem Wasser gedeiht weißer Lotus und tummeln sich silbrige Fische. Noch weiter südlich gelangt man an einen Bergbach, den alte Kiefern und Spießtannen säumen von einer Stärke, dass erst zehn Männer sie umspannen, und einer Höhe, dass es kaum zu ermessen ist. Ihre schlanken Zweige rühren an die Wolken, ihre niedrigen Äste streifen über den Teich gleich aufgepflanzten Bannern, aufgespannten Schirmen und aufgescheuchten Drachen. Am Fuße der Kiefern gedeiht alles mögliche Buschwerk, überwachsen von Winden und Ranken, die zu einem Blätterdach verwoben sind, durch das nicht Sonne noch Mond finden, so dass darunter selbst im hohen Sommer eine Atmosphäre wie im Frühherbst herrscht. Mit weißen Steinen ist der Weg ausgelegt, der hinein und herausführt.

Fünf Schritte nördlich der Hütte türmen sich Fels und Gestein, durchwirkt von einem bunten Teppich der verschiedensten Büsche und Gräser. Das Blattwerk spendet reichlich Schatten, und reife Früchte gibt es in Hülle und Fülle, ohne dass ich alle Namen zu sagen wüsste. Zu allen vier Jahreszeiten bietet sich ein solcher Anblick. Außerdem finden sich eine Felsenquelle und Teesträucher, so dass man ohne weiteres Wasser erhitzen und Tee schlürfen kann, und wer Zerstreuung sucht, kann sich hier Tag um Tag die Zeit vertreiben. Östlich der Hütte stürzt ein Wasserfall drei Fuß vom Felsen herab in ein Becken und fließt weiter in einen steinernen Kanal, von morgens früh bis abends spät ein Anblick wie gehaspelte Seide und des Nachts ein Klang wie von Jadeanhängern und Saiteninstrumenten. Westlich der Hütte grenzt der rechte Ausläufer der Nordwand an. Röhren aus gespaltenem Bambus erheben sich in die Lüfte und verzweigen sich wie Adern über die Bergwand, um das Quellwasser aufzufangen, das dann von den Traufen herab auf die Stufen plätschert in einer endlosen Kette wie Perlenschnüre und zerstiebend wie feiner Tau. Die sprühenden Tropfen werden vom Winde erfasst und fortgewirbelt. Was sich Auge und Ohr des Wanderers im nahen Umkreis anbietet, sind im Frühling die Blumen im Brokattal, im Sommer die Steintorklamm, im Herbst der Mond am Tigerbach und im Winter der Schnee auf dem Räucherbecken. Ob bewölkt oder heiter, ob hell oder dunkel, ob bei Einbruch der Nacht oder zu Anbruch des Tages, ob die Gestirne sich zeigen oder nicht, stets bietet sich eine unendliche Vielfalt von wechselnden Szenen und Stimmungen, die kein Mensch erschöpfend beschreiben und einordnen kann. Eben darum ist diese Landschaft im Lu-Gebirge unübertroffen.

Ach, wenn die gewöhnlichen Menschen sich ein geräumiges Haus bauen und prächtig möblieren, um darinnen zu wohnen, können sie selten ihren Stolz verhehlen. Nun bin ich Herr über diese

Dinge geworden, und erlesene Dinge bringen uns stets weiter in unserem Wissen. Da jedes in seiner Art erlesen ist, muss sich einfach der Körper entspannen und der Geist Frieden finden! Achtzehn Männer vom Schlage eines Huiyong, Huiyuan, Zong Bing und Lei Cizong[4] kamen einst gemeinsam in dieses Gebirge und blieben hier bis zu ihrem Tode. Auch wenn ich tausend Jahre später lebe, weiß ich nur zu genau, was ihr Herz bewegte! Des Weiteren muss ich mich nur besinnen, wie ich von klein auf bis ins Alter ganz gleich, wo ich hauste, ob in der gekälkten Hütte oder im herrschaftlichen Hause, selbst wenn der Aufenthalt nur ein oder zwei Tage währte, stets ein paar Körbe Erde zu einer Terrasse anhäufte, ein paar Kiesel zu einem Berg zusammentrug oder ein paar Scheffel Wasser zu einem Teich anstaute: Das war ich meiner Leidenschaft für Landschaften einfach schuldig!

Eines Morgens hatte sich mein Glück gewendet, und ich fand mich als Vizepräfekt in Jiangzhou wieder, doch der Präfekt tröstete mich mit seiner Freundlichkeit, und das Lu-Gebirge erwartete mich mit seinen Herrlichkeiten. Dem Himmel verdanke ich die Zeit, der Erde den Ort, und so habe ich am Ende erreicht, was ich wollte. Was hätte ich sonst noch zu begehren? Zwar bin ich als überzähliger Beamter nicht völlig ohne Verpflichtungen, und meine Verstrickungen in das öffentliche Leben sind noch nicht gänzlich gelöst, so dass ich komme und gehe und mich hier noch nicht in aller Ruhe niederlassen kann, doch sobald eines fernen Tages alle jüngeren Geschwister verheiratet sind, meine Amtszeit als Marschall abgelaufen ist und ich endlich selber Herr meiner Entscheidungen – Amt oder Privatleben, Karriere oder Rückzug – bin, werde ich an der linken Hand Weib und Kind herführen und in der rechten Hand Zither und Bücher herbringen, um mein Leben hier zu beschließen und mir den Wunsch zu erfüllen, den ich ein Leben lang gehegt habe. Die klaren Quellen und weißen Steine sollen meine Zeugen sein!

Am 27. Tage des 3. Monats bezog ich die neue Wohnung. Am 9. Tage des 4. Monats feierte ich mit insgesamt 22 Personen, darunter Yuan Jixu aus Henan, Zhang Yunzhong aus Fanyang, Zhang Shenzhi aus Nanyang sowie die ehrwürdigen Mönche des Östlichen und des Westlichen Hainklosters Cou, Lang, Man, Hui und Jian bei einem vegetarischen Mahle samt Tee und Früchten die Einweihung und verfasste aus diesem Anlass den vorliegenden Bericht.

ANHANG

Matsuo Bashô

Bashô wurde 1644 in der Burgstadt Ueno in der Provinz Iga (heute Präfektur Mie) als Sohn eines niederen Samurai geboren. Mit zwölf Jahren trat er in den Dienst der Schlossherrenfamilie als Betreuer des Erben Yoshitada. Die beiden späteren Freunde ließen sich ab 1663 in Kyôto von dem Dichter Kitamura Kigin in der traditionellen Waka-Dichtung, im Haiku und in klassischer Literatur unterrichten. 1666, nach dem Tod seines Freundes, quittierte Bashô den Dienst bei der Schlossherrenfamilie. Er setzte seine Studien bei Kigin fort und folgte ihm 1672 nach Edo; mit den Jahren wurde er ein etablierter Haiku-Lehrer. 1680 gab er seinen Wohnsitz im Zentrum von Edo auf, zog in die stillere ›Vorstadt‹ Fukagawa am jenseitigen Ufer des Sumida-Flusses um und begann, sich aus seiner Stellung als Haiku-Lehrer zurückzuziehen. Wie ein Klausner lebend, suchte er fortan die Askese und Entbehrung zur dichterischen Inspiration.

Sein Haus ging im Winter 1682 bei der großen Feuersbrunst in Edo in Flammen auf. 1683 wurde seine Hütte mit Unterstützung von Freunden und Schülern wieder aufgebaut. 1684 erschien die erste der ›Sieben Sammlungen der Bashô-Schule‹ (*Bashô shichibu shû*) und Bashô trat die erste seiner fünf in eigenen Reisetagebüchern festgehaltenen Wanderfahrten an.

Die letzte Reise von 1689 ist in seinem berühmten Reisetagebuch *Oku no hosomichi* (›Auf schmalen Pfaden durchs Hinterland‹) nachzuvollziehen und wird im *Genjûan no ki* in einigen wesentlichen Stationen nachgezeichnet. Ende 1691 kehrte Bashô nach Edo zurück. Seine Hütte in Fukagawa hatte er vor dem Aufbruch in den Norden aufgegeben. Freunde und Schüler bauten ihm eine neue Klause in der Nähe auf. Im Winter 1694 starb er unterwegs auf einer letzten Reise in Ôsaka.

Kommentar zu BASHÔ: *Aufzeichnungen aus der Klause der Illusionen* von EKKEHARD MAY

Im Sommer des Jahres 1690 hatte Bashô auf Vermittlung seines Schülers Suganuma Kyokusui (1660–1717) eine etwas hergerichtete, alte Klause oberhalb des Biwa-Sees bezogen und sich mit über drei Monaten eine für ihn relativ lange Zeit der Ruhe gegönnt (6. IV. bis 23. VII., ca. Mai bis August 1690).

Er ist jetzt knapp 47 Jahre alt, vergleicht sich mit einem alten Pfirsichbaum, der nur mehr bittere Früchte trägt – eine Anspielung auf seinen Künstlernamen der ersten Lebenshälfte, Tôsei, was wörtlich ›Pfirsich-Grün‹ bedeutet.

Der erste Teil des Haibun ist der Rückschau gewidmet: Kurz vor seiner großen Nordlandwanderung hatte er seine Klause in Edo aufgegeben. Er ist seitdem im wahrsten Sinne des Wortes ›unbehaust‹, wie eine Schnecke (*katatsuburi*), die ihr Haus verlor (*kara wo ushinai*), nach der volkstümlichen Vorstellung, dass die Nacktschnecken (*namekuji*) keine eigene Spezies sind, sondern ›normale‹ Schnecken, die ihr Haus aufgeben. Auch der *minomushi*, ein Schmetterling (Motte, Eumeta japonica, Fam. Psychidae), der sich im Raupenstadium in Pflanzenteilen einspinnt, eignet sich als Metapher: Er trennt sich beim Schlüpfen von seiner schützenden Hülle (*mino wo hanarete*), die oft wie ein kleines Strohmäntelchen aussieht.

Die unbezähmbare Reisesehnsucht, die den Dichter hinaustrieb, wird schön veranschaulicht durch Sôkan, den Ahnherren des Haiku, von dem die Überlieferung sagt, er hätte – in einem Bergtempel bei Kyôto lebend – absichtlich den Imbiss (*hatago*) für die vorbeiziehenden Reisenden gegessen, nur um das wunderbare Gefühl des Unterwegsseins zu spüren. Dazu kommt als Vorbild Nôin Hôshi aus der Heian-Zeit, durch dessen berühmte Nordlandreise der Kanon für die *uta-makura*, ›die berühmten poetischen Orte‹, in dieser Gegend gesetzt wurde. Seine Zeitgenossen hielten es für bedeutsam, sein sonnenverbranntes Gesicht zu erwähnen als Ausdruck einer heldenhaft langen Wanderung unter dem Sommerhimmel.

Bashôs dringender Wunsch, alle *uta-makura* des hohen Nordens zu erwandern, zeigt sich im Extrem: Auch das Gestade am nördlichsten Punkt des Landes Soto no hama (wörtl. ›der äußerste Strand‹), an der Nordspitze der Tsugaru-Halbinsel (Präf. Aomori), hatte er gehofft, besichtigen zu können. Diese fast mythische Gegend, die vielleicht auch Saigyô besucht hatte, ›wo der Vogel Utou ruft‹, ist nicht zuletzt durch das mysteriöse Nô-Stück ›*Utou*‹ bekannt.

›Die Tausend-Inseln‹, die Kurilen (heute Chishima rettô), auf die er ebenfalls einen Blick werfen wollte, liegen aber noch viel weiter weg, nordöstlich von der heute als Hokkaidô bekannten Insel, dem eigentlichen Ezo-Land, einst Territorium der Ainu, ein geheimnisvolles Grenzland, beinahe jenseits der Vorstellungskraft der Menschen jener Zeit.

Der ewige Wanderer ohne Haus, der auch bei einer Rückkehr von weither keinen angestammten Wohnsitz vorfindet, sucht sich eine temporäre Bleibe in seiner Wahlheimat, der Gegend um den Biwa-See. Das Wasser bringt das Bild der unsicheren, vom Fluten des Sees bestimmten Existenz mit sich. Die schwimmenden Nester der Zwergtaucher (*nio no ukisu*), nur an einem Schilfhalm ankernd, bieten sich als stimmige Metapher für die fragile Bleibe am See geradezu an.

Genjûan, wörtlich ›Klause des Wohnens in der Illusion‹, lag freilich ein gutes Stück vom See entfernt in den Bergen (Ôtsu-shi, Kokubu 2-chôme), etwa 1,5 km nordwestlich des berühmten Ishiyama-Tempels und mehr als 2 km von der Südspitze des Sees bei Seta entfernt. Der Blick von der Höhe über die sich ausbreitende Landschaft muss früher eindrucksvoll gewesen sein. Eine gute Vorstellung der Lage auf der Hügelkette gibt das Bild aus dem *Bashô-ô Ekotoba-den,* von dem die Cover-Abbildung dieses Buchs einen Ausschnitt zeigt. An der historischen Stelle der Bergklause steht heute eine nachempfundene Rekonstruktion.

Der ›alte Schrein‹ (*furuki mi-yashiro*), den Bashô erwähnt, ist der noch existente Chikatsuo Hachiman jinja, in dessen weiterem Schreingebiet die Hütte liegt. Die ›Sechs Verursachungen‹ (*rokkon*) sind die fünf Sinne mit einem ›6. Sinn‹, dem ›Herz‹ (›*i*‹), durch deren (falsche) Perzeption der Außenwelt alles Übel entsteht.

Die Beschreibung der Umgebung beginnt mit der blühenden Natur im späten Frühling (IV. Mond, ca. Mai). Von den Vögeln, die der Autor erwähnt, beziehen sich zwei dezidiert auf das Kernthema des Textes, ›Behausung‹. Der Eichelhäher (*kakesu*) wird mit seinem zweiten Namen erwähnt, ›*yadokashi-dori*‹, wörtlich ›der Vogel, der Unterschlupf gewährt, Wohnstatt vermietet‹, eine bedeutungsvoll einladende Sprachgeste gerade beim Einzug in die Hütte. Sie wird auch nicht durch den Specht gefährdet (*kitsutsuki*), der nach einer uralten Volksüberlieferung besonders buddhistische Tempel zerstört, ›zerklopft‹ (*tera-tsutsuku*). Der Kuckuck (hier *kakko-dori*, üblicher *kanko-dori*, modern *kakkô*, Cuculus canorus) soll mit seinen wehmütigen Rufen das Einsamkeitsgefühl des Dichters in dieser gesuchten, idyllischen Abgeschiedenheit erhöhen, d. h. intensivieren; ein Selbstzitat von Bashô, der diese Wendung schon in einem Vers ausgedrückt hatte.

Die Landschaftsbeschreibung kommt auch hier, wie so oft, nicht ohne chinesische Vergleiche aus. Die erwähnten Gegenden sind natürlich kaum vorstellbar und deshalb nicht vergleichbar, die Zitate bringen jedoch reiche Assoziationen mit sich: ›Der Anblick von Wu und Chu nach Osten und Süden‹ ist für literarisch gebildete Zeitgenossen sofort als Anspielung auf ein berühmtes Gedicht von Du Fu erkennbar: ›Als ich den Yueyang-Turm bestieg‹. Der chinesische Dichter genoss von dort aus wie Bashô den Blick über einen See, den vielgepriesenen Dongting-See (im Norden der Provinz Hunan) mit seinen Naturschönheiten! Welche ›fünf Seen und drei Flüsse (Buchten)‹ mit der folgenden Anspielung (*go-ko san-kô*) im Einzelnen gemeint sein könnten, darüber gehen die Ansichten der Kommentatoren auseinander. Eine eindeutige Zuordnung ist aber m. E. illusorisch, da hier einfach die Fülle aufgezeigt werden soll, mit der das konkret Gesehene im eigenen Land es durchaus aufnehmen kann.

Die Gegend um den Dongting-See mit den vom Wasser bestimmten Landschaftsschönheiten hatten die Chinesen in acht Landschaftstableaus kanonisiert, das Vorbild für die sehr bekannt gewordenen ›Acht Ansichten vom Biwa-See‹ (*Ômi hakkei*), von denen Bashô hier mehrere erwähnt, so die Kiefer von Karasaki, die Brücke von Seta, das Kiefernfeld von Awazu, den Gipfel des Hirayama.

Am Beispiel zweier exzentrischer Einsiedler, die ein Dichter der Song-Zeit, Huang Shangu (Tingjian, 1045–1105) in einem Gedicht erwähnte, führt Bashô Möglichkeiten für Behausungen auf, die er aber für sich nicht denkbar hält: Xu Lao in seinem Baumhaus oder Wang Daoren in einem Pavillon auf einem hohen Gipfel.

Die Freuden der Einsiedelei symbolisiert der nahe Quell. Das ›tröpfelnde Glucksen‹ (*toku-toku to*) der fallenden Wassertropfen ist ein nicht fehlzudeutender Hinweis auf einen sehr bekannten, Saigyô zugeschriebenen Vers, den dieser während eines Aufenthaltes im Bergland von Yoshino gedichtet haben soll (frei übersetzt mit Zeilenvertauschung):

Ach, eine Wohnstatt,
wo ich vom klaren Quell
der glucksend-tröpfelnd
über bemooste Steine rinnt
ohne Ende schöpfen kann!

toku-toku to
otsuru iwama no
koke-shimizu
kumi-hosu hodo no
naki sumai kana

Auch hier ist es die Wohnstatt (*sumai*), am exklamativ hervorgehobenen Ende des Verses, auf die Bashô indirekt, aber unmissverständlich anspielt.

Die kleinste Behausung für den Ruhelosen, die Mindestausstattung für den Reisenden, sind Flechthut (*kasa*) und Regenumhang (*mino*); er hat sie von der Wanderung nach Sarashina über den Kiso-Weg und von der Rückreise entlang den Koshi-Provinzen mitgebracht. Über seinem Kopfkissen aufgehängt, sind sie Zeichen und sichtbare Aufforderung, jederzeit wieder aufbrechen zu können.

Doch für eine kleine Weile noch nutzt der Dichter die Ruhe zur Kontemplation, die Nachtstunden (*yaza*) sogar im Schein einer Lampe zum Studieren und zur stummen Zwiesprache mit seinem Schatten und Halbschatten – nach einem beliebten

Gleichnis aus dem 2. Buch des Zhuangzi, das die endlosen Verknüpfungen zwischen Ursache und Wirkung in ein Bild fasst. Dies führt Bashô zu Reflexionen über seine Lebenssituation und zu einer schonungslosen, fast selbstquälerischen Bilanz.

Die Aussage, dass es etwas gab, zu dem er sich seit seinen Jugendjahren auf geradezu ›unvernünftige Weise‹ hingezogen fühlte (*yokozama ni sukeru koto haberite*), gilt natürlich der Dichtkunst, die er dem Worte nach nicht erwähnt. Im endgültigen, zum Druck bestimmten Manuskript (*teikô*) findet sich an der entsprechenden Stelle: ›Ich habe mich – den unzuverlässigen Wolken und Winden hingegeben – gequält und meine Leidenschaft an die Poesie verschwendet‹. (*kachô ni jô wo rô-shite*; ›*kachô*‹ im Sinne von ›*kachô fûgetsu*‹, ›Blüten, Vögel, Wind und Mond‹ für die Naturschönheiten, d. h. die Dichtung allgemein.) Eine Weile hatte er seinen Lebensunterhalt (*shôgai no hakarigoto*) als professioneller *haikai*-Lehrer und Bewerter von populären Wettbewerben bestritten, dieses aber wohl aus künstlerischem Bedenken und Überdruss mit der kommerzialisierten ›Literatur‹-Szene aufgegeben.

Der biographische Einschnitt mit dem Wegzug in die Klause von Fukagawa im Jahre 1680 und der Sprung in eine völlig ungesicherte Existenz hatten sich schon in einigen düster-expressiven Texten und Versen der frühen 1680er Jahre gespiegelt.

Der äußerste Bescheidenheitsgestus, darin auch den chinesischen Dichtern ähnlich, gipfelt im Bekenntnis der ›Unfähigkeit und der mangelnden Talente‹ (*munô muzai*) in beklommener Rückschau.

Das vorliegende Haibun, obgleich in seiner längeren Form hauptsächlich assoziativ voranschreitend und keineswegs geschlossen im Zuschnitt, weist eine erkennbar stringente, konstruktive Besonderheit auf: Fast unmerklich wird zeitlich eine Brücke geschlagen vom Beginn der ersten, optimistisch euphorischen Klausen-Zeit im Frühling zur resignativ-melancholischen Stimmung im Frühherbst (23. VII., ca. Ende August)! Die Veränderung der Jahreszeit ist spürbar und sichtbar; es ist Zeit, die ›Wohnstatt der Illusionen‹ (*maboroshi no sumika*) zu verlassen.

Diese Textfassung endet ohne abschließenden Vers.

Anmerkungen zu
BASHÔ: *Aufzeichnungen aus der Klause des Wahns*
VON JÖRG B. QUENZER

1. Ishiyama, südöstlich der Stadt Ôtsu am Abfluss des Setagawa aus dem Biwa-See gelegen, ist vor allem für seinen Tempel Sakamoto bekannt; seit dem Mittelalter eine wichtige Station der ›33 Wallfahrten der westlichen Provinzen‹ (*Saikoku sanjûsansho*, auch *Saikoku junrei*). Der Name geht auf eine eindrucksvolle, natürliche Steingruppe auf dem Gipfel des Berges zurück.

2. An diesem südwestlich des Ishiyama gelegenen Berg liegt der Tempel Iwamadera. Er zählt ebenfalls zu den ›33 Wallfahrtsorten der westlichen Provinzen‹.

3. Auf Weisung des Kaisers Shômu (Regierungszeit 724–749) wurden in jeder Provinz sog. Landestempel (*kokubunji*) errichtet, als deren Zentraltempel der Tôdaiji in Nara fungierte. Dieses hierarchische Netz war u. a. als religiös-symbolische Entsprechung zur Zentralgewalt des Kaiserhauses gedacht.

4. Der Gottheit Hachiman, der Tradition nach eine Deifizierung des legendären Kaisers Ôjin (Regierungszeit angebl. 270–310), kam auch die Aufgabe zu, die *kokubunji* zu schützen. Dieser Zusammenhang mag die Existenz des Schreins dort erklären.

5. Amida: der (transzendente) Buddha des west-

lichen ›Reinen Landes‹ ist eine der wichtigsten Heilsgestalten des ostasiatischen Buddhismus. Hachiman gilt als eine seiner Verkörperungen (*gongen*).

6. Jap. *Yuiichi Shintô*. Diese seit dem späten Mittelalter aktive Bewegung versuchte den Einfluss, vor allem aber die Vorrangstellung der als fremd erachteten religiösen und moralischen Lehren von Buddhismus und Konfuzianismus zurückzuweisen. Dem gegenüber stand eine lange Tradition der Einheit von Buddhismus und Shintô (u. a. Ryôbu-Shintô). Ihr folgend wurden die einheimischen Gottheiten als Verkörperungen der buddhistischen (Heils-)Gestalten aufgefasst.

7. Ein Zitat aus dem *Mohe zhiguan* (jap. *Maka shikan*), einem Grundwerk der chinesischen Tiantai-(Tendai-)Schule, verfasst von ihrem 3. Patriarchen Zhiyi (jap. *Chigi*; 538–597). Dort heißt es: ›Das Licht dämpfen und sich dem irdischen Staub anpassen – das ist der Beginn einer jeden förderlichen Beziehung (*kechien*) zwischen Buddha und Mensch‹. In dieser Vorstellung finden sich zugleich Einflüsse daoistischen Denkens, etwa wenn es bei Laozi als Bedingung für die Einheit mit dem ›Dao‹ heißt: ›Seinen Glanz mäßigen/und sich seinem Staub einen‹. (Daodejing § 56)

8. Der Mönch Genjû war Saganuma Sadatomo, genannt ›Der Baumeister‹. Älterer Bruder von Kyo-

kusuis Vater, starb er in der Tenwa-Ära (zwischen 1681 und 1683) im Alter von etwa 60 Jahren.

9. Saganuma Sadatsune (?–1717), Spross einer Kriegerfamilie, war Vasall der Familie Honda in der Burg Zeze am Biwa-See. Beteiligt u. a. an der Sammlung *Hisago*, wird er zu den ›36 Heiligen der Kettendichtung der Bashô-Schule‹ (*sanjûrokkasen*) gezählt. Sein Dichtername Kyokusui (wörtl.: ›Gewundener Wasserlauf‹) geht auf eine aus China übernommene Form des gemeinschaftlichen (Wett-) Dichtens zurück.

10. Ein Wortspiel mit der Bedeutung des Klausennamens und dem Schicksal seines früheren Trägers.

11. Im Jahr 1680 war Bashô in eine Hütte im Stadtteil Fukagawa an den Stadtrand von Edo gezogen. Sie erhielt den Namen *Bashôan*, ›Bananenstauden-Hütte‹, angeregt durch eine dort vorgefundene Pflanze. Zudem dient die Banane ihres hohlen Stammes wegen in der buddhistischen Literatur als beliebtes Gleichnis für den wesenlosen Charakter der vergänglichen Welt. Für Bashô – und sicher nicht für ihn allein – war sie vor allem ein ästhetisches Faszinosum: Er liebte besonders das Geräusch des leise auf ihren Blättern trommelnden Regens.

12. Das ›Schutzmäntelchen‹ (jap. *mino*; wörtl.: ›Strohmantel‹) meint als Wortspiel zunächst die Schutzhülle des kleinen Sackspinners (jap. *mino*-

mushi; canephora asiatica), die jener sich aus kleinen Blättchen und Zweigresten verfertigt. Hier eine Anspielung darauf, dass Bashô anlässlich seiner längsten Wanderreise, die ihn durch die nördlichen Hinterlande führte, den Schutz der Hütte Bashô-an im Frühjahr 1689 aufgegeben und durch Strohmantel und Hut des Reisenden ersetzt hatte.

13. Das literarische Ergebnis dieser Reise durch die Hinterlande ist das *Oku no hosomichi*. Kisagata war eine berühmte Inselbucht an der Nordwestküste gewesen (Provinz Uzen) und bildete lange Zeit das Pendant zu der noch berühmteren Bucht von Matsushima auf der Pazifikseite der Hauptinsel Honshû, bis sie 1804 durch ein großes Seebeben über den Meeresspiegel gehoben wurde.

14. Die Wanderung von Kisagata nach Süden entlang der Küste gehörte zusammen mit der Überquerung der japanischen Alpen zu den beschwerlichsten Abschnitten der Reise.

15. Der größte Inlandsee Japans, nahe der alten Kaiserstadt Kyôto (Heiankyô) gelegen, ist eine der wichtigsten, mit vielen historischen und kulturellen Reminiszenzen verbundene Landschaftsszenerien.

16. Das scheinbar treibende, weil weit im Wasser gebaute Nest des Zwergtauchers (jap. *kaitsuburi*; podiceps ruficollis) ist ein Topos der klassischen japanischen Literatur, der die Vorstellung der Unstetigkeit, das Fehlen jeglicher sicheren Wohnstatt

evoziert. Durch die vorangehende Erwähnung des Biwa-Sees bereitet Bashô dieses Motiv bereits vor, wird dieser doch auch *nio no umi*, ›Zwergtaucher-Meer‹, genannt.

17. In dieser Formulierung verbirgt sich eine Anspielung auf ein Gedicht von Saigyô (1118–1190) aus der Sammlung *Shinkokinwakashû*:

Noch denke ich nicht daran,
sie zu verlassen, die Kirschblüten
in den Bergen von Yoshino ...
Doch wird noch jemand meiner harren,
wenn sie abgefallen sind ...?

Yoshinoyama
yagate ideji to
omou mi wo
hana chirinaba to
hito ya matsuramu

18. Jap. *hototogisu*. Der für gewöhnlich als ›Kuckuck‹ übersetzte Vogel gehört zwar zur Familie der Cuculi (cuculus micropterus Gould oder cuculus poliocephalus), die durch ihn hier hervorgerufenen Stimmungsbilder unterscheiden sich jedoch grundsätzlich von den eher fröhlichen Assoziationen abendländischer Provenienz. Sein Rufen, oft auch als Weinen charakterisiert, klagt über die

nur kurze Dauer des Frühlings, ja die Vergänglichkeit des Lebens überhaupt.

19. Jap. *yadokashidori*, wörtl.: ›Der Vogel, der Unterkunft verleiht‹; eigentlich *kakesu* (garrulus glandarius). Er ist auch von Saigyô bedichtet worden – und möglicherweise spielt Bashô hier ebenfalls auf eines dieser Gedichte an:

Während ich die Kirschblüte suche,
auf abgelegenen Bergpfaden,
geht der Tag zur Neige.
Von ferne, gerade noch zu hören,
der Ruf des Eichelhähers.

yamajiwake
hana wo tazunete
hi wa kurenu
yadokashidori no
koe mo kasumite

20. Jap. *kitsutsuki*, wörtl.: ›Baumklopfer‹ (Fam. picidee), wird auch *teradori*, der ›Tempelvogel‹, genannt. Diese Bezeichnung geht auf eine alte Sage zurück. Danach haben sich die Totengeister des Mononobe-Clans, der bei der Einführung des Buddhismus im ausgehenden 6. Jh. dem Soga-Clan und der neuen Religion unterlag, in diesen Vogel verwandelt, um durch die ›Zerstörung‹ von Tem-

pelgebäuden noch nach ihrem Untergang Rache nehmen zu können. Gleichfalls auf diese Bedeutung bezieht sich Bashô in einem Gedicht, das während seiner Hinterlandreise anlässlich eines Besuches bei der Klause seines Zen-Lehrers Butchô (1642–1715) entstand (übers. von G. Dombrady, in: *Auf schmalen Pfaden durchs Hinterland*):

Kein Specht zerstört
mit seinem Klopfen diese Hütte –
im sommerlichten Baumschatten

kitsutsuki mo
io wa yaburazu
natsukodachi …

21. Wu und Chu waren zwei Staatsgebiete im frühen China. Bashôs Formulierung zitiert ein berühmtes Gedicht des chinesischen Dichters Du Fu (jap. *To Ho*; 712–770), verfasst zu einer Zeit, als ihre Macht längst der Vergangenheit angehörte. Bei ihm heißt es unter dem Titel ›Ich besteige den Turm von Yueyang‹ (aus der Sammlung *Tang shi xuan*):

Schon seit langem habe ich vom Dongting-See
gehört,
heute nun besteige ich den Turm Yueyang,
ihn zu überblicken.
Getrennt durch ihn, in Ost und Süd,
die Staaten Wu und Chu,
in seiner Oberfläche spiegeln sich
Himmel und Erde, Tag und Nacht.

22. Eine der großen chinesischen Landschaften, gefeiert in Literatur und Malerei gleichermaßen. Die Gegend um den See Dongting (s. a. das Gedicht von Du Fu in der vorangehenden Anm.) mit seinen Zuflüssen Xiao und Xiang ist berühmt für acht Landschaftstableaus (*Xiaoxiang bajing*, die ›Acht Ansichten der Landschaft von Xiao und Xiang‹), deren Kodifizierung auf den Maler Song Di aus der Song-Zeit zurückgeht. Sie gaben das Vorbild für ähnliche Szenerien in Japan.

23. Ein langgestreckter Bergzug westlich des Biwa-Sees. Auf dem Hieizan im Nordosten der alten Kaiserstadt liegt der zentrale Tempelkomplex der Tendai-Schule mit ihrem Haupttempel Enryakuji. Die unzugänglichen Höhenzüge des Hirayama, der sich in nordöstlicher Richtung daran anschließt, waren seit alters Aufenthalts- und Schulungsort der Bergasketen (*yamabushi*).

24. Karasaki mit seiner einsamen Kiefer gehört

zu den ›Acht Ansichten der Provinz Ômi‹ (*Ômi hakkei*) am Südteil des Biwa-Sees, wie sie nach chinesischem Vorbild in der heute bekannten Form von Konoe Nobutada (1565–1614) zusammengestellt worden sind. Diese acht Landschafts- und Stimmungsbilder, oft bedichtet und gemalt, umfassen:

1. Erfrischender Bergsturm bei Awazu
2. Der Seta-Fluss im Schein der Abendsonne
3. Der Klang der Abendglocke des Tempels Miidera
4. Nächtlicher Regen bei Karasaki
5. Heimkehrende Boote bei Yabase
6. Der Herbstmond über dem Ishiyamadera
7. Wildgänse, die sich auf dem Strand von Katada niederlassen
8. Der verschneite Bergzug des Hirayama in der Abenddämmerung

25. Gemeint ist die Burganlage von Zeze, die 1601 von den Tokugawa zur Kontrolle der Kansai-Gebiete errichtet worden war. – Bei der Brücke handelt es sich um die Seta no hashi über den Fluss Setagawa, der nahe bei Ishiyama aus dem Biwa-See fließt. Sie war Teil des zentralen Handels- und Reiseweges (des sog. *Tôkaidô*) zwischen den westlichen Gebieten und dem eigentlichen Machtzentrum Edo und entsprechend frequentiert. Die gesamte Aufzählung – See, Berge, Dunst, Anwesen, Brücke

und Boote – erinnert an die wichtigsten Komponenten eines chinesischen oder (in dieser Tradition stehenden) japanischen Landschaftsbildes der Tuschmalerei.

26. Wörtl.: ›Wo man den Binsenhut absetzt‹; ein Berg auf halbem Weg zwischen Ishiyama und Uji gelegen, der zu den *utamakura*, ›Gedichtkopfkissen‹, d. h. bedichtungswürdigen Ortmotiven der japanischen Literatur zählt.

27. Eine Anspielung auf ein Gedicht des Tendai-Abtes Jien (1155–1225), enthalten in dessen privater Gedichtsammlung *Shûgyokushû* (›Sammlung nachgelesener Kostbarkeiten‹):

Im Ôi-Fluss schaukeln
wahrlich die Sterne auf seinem
glatten Wasserspiegel –
Am Himmel der Abenddämmerung
tanzen die Leuchtkäferchen …

Ôigawa
hoshi koso nami ni
ukabinure
hotaru tobikau
yûyami no sora

Die Gegend zwischen dem Abfluss des Setagawa und Ishiyama war in der Poesie besonders für die Glühwürmchen bekannt; so etwa bei Asai Ryôi (?–1691) in seinem Werk *Tôkaidô meishoki* (›Berühmte Orte entlang der Tôkaidô-Straße‹), in dem er die Schönheit der Leuchtkäferschwärme in den Nächten des IV. Monats preist.

28. Dieser Berg liegt nordwestlich von Ishiyama in der Nähe der Stadt Moriyama.

29. Die Gegend von Bashôs langjähriger Klause Bashôan bei Edo (s. Anm. 11). Von dort aus war bei klarem Wetter der Fujisan zu sehen.

30. Bei diesem Berg am Ostufer des Biwa-Sees denkt Bashô vor allem an drei berühmte Dichter, die zu den poetischen Größen des japanischen Altertums gerechnet werden: Sarumaru Dayû (um 800?), einer der ›Sechsunddreißig Dichterheiligen‹ (*sanjûrokkasen*) wurde hier begraben; für Ôtomo no Kuronushi (Anfang des 9. Jh.), einem der ›Sechs Dichterheiligen‹ (*rok-kasen*) des *Kokinwakashû*, und Ki no Tsurayuki (?–945?), ebenfalls den ›Sechsunddreißig Dichterheiligen‹ zugerechnet, finden sich hier Schreine zu ihrer Verehrung.

31. Die drei genannten Berge liegen in einem leichten Bogen südlich von Ishiyama und bilden eine natürliche Umgrenzung der von Bashô beschriebenen Landschaft.

32. Auf der östlichen, der Klause gegenüber-

liegenden Seite des Setagawa gelegen, ist dieses Dorf seit alters als ein Ort des Fischfangs bekannt.

33. In der ältesten japanischen Gedichtsammlung, dem *Man'yôshû* (2. Hälfte 8. Jh.), findet sich kein entsprechendes Gedicht. Die von Bashô zitierte Zeile ist jedoch Teil eines Gedichts, das in einer sehr viel später entstandenen Lokalsammlung, dem *Ômi yochishiryaku* (›Kurzgefasste Topographie der Provinz Ômi‹) von 1734, wie folgt festgehalten wurde:

Schmächtige Burschen
aus den Domänen Tanakami und Kurozu:
Das Licht in der Hand
schreiten sie die Fischwehre ab
bei zunehmender Dunkelheit …

Tanakami ya
Kurozu no sô no
yaseotoko
ajiromoru tote
iro no kurosa yo

34. Eine mehrschichtige Anspielung: *koshikake* meint zunächst wie beschrieben ein Sitzkissen. Dieses Bild wird hier verbunden mit der Existenz wilder Affen in der weiteren Umgebung, die auf dieser Sitzgelegenheit Platz nehmen könnten. *Saru-no-*

koshikake hingegen ist auch der Name für einen (giftigen) Pilz, dessen breiter Hut die Assoziation eines natürlichen Schemels für die Affen hervorgerufen hat.

35. Zwei legendäre chinesische Eremiten, die in einem Gedicht des Song-Dichters Huang Shangu (jap. *Kô Sankoku*; 1045–1105) mit dem Titel *Tiqianfeng ge* (›Auf dem Turm des Gipfel Qian‹) erwähnt werden: Der Alte Chu in seinem Nest auf dem Zierapfelbaum, der Alte Wang in seiner Klause auf dem Gipfel Zhubu.

36. Dies meint zum einen die Attitüde einiger Literaten in China, die sich gegen das Ideal der Pflichterfüllung wandten. So heißt es im *Qidong yeyu* vom Dichter Du Mu (jap. To Boku; 803–852), er sei ein ›Gewohnheitsschläfer‹ gewesen. Zum andern eine Anspielung auf die übernatürlichen Fähigkeiten legendärer daoistischer Meister, die mit geschlossenen Augen in den steilsten Bergen ›schlafwandelten‹.

37. Zitat der Anfangszeile eines Saigyô (siehe Anm. 17) zugeschriebenen Gedichtes:

Tropfen um Tropfen –
das gebirgsklare Wasser
im Moos zwischen dem Gestein:
Unausschöpflich rinnt es
an diesem abgelegenen Ort …

tokutokuto
otsuru iwama no
koke shimizu
kumihosu hodo mo
naki sumai kana

38. Der Miidera genannte Tempel gehörte zu dem großen Schreinkomplex des Kôrajinja, heute Präfektur Fukuoka, in Südjapan.

39. Dieser Sohn war Jakugen Ichi'nyo, der 50. Abt in der Linie des Miidera. Er wurde als Literat, vor allem jedoch als Kalligraph geschätzt. Bashô stand über den Schriftmeister Kitamuki Unchiku aus Kyôto (1623–1703) in entfernter Beziehung zu dessen Schule.

40. Das Flusstal des Kisogawa in den japanischen Alpen bildete einen wichtigen Abschnitt des damaligen Verkehrsweges zwischen den Westprovinzen und Zentraljapan (Provinzen Mino und Shinano), des sog. *Nakasendô*. Bashô war diese Route zuletzt im Jahr 1688 gegangen, zusammen mit seinem Schüler Etsujin. Siehe dazu sein *Sarashina kikô*,

›Aufzeichnungen über die Reise nach Sarashina‹.

41. Dies war wahrscheinlich ein Geschenk seines Schülers Hokushi (um 1664–1718) anlässlich ihres Zusammentreffens im Spätsommer 1689 in Kanazawa während Bashôs Hinterlandreise.

42. Vgl. folgendes Gedicht von Bashô, das in dieser Zeit entstand:

Sogar die Wildschweine
nimmt er mit sich fort –
reißender Herbststurm ...

inoshishi mo
tomo ni fukaruru
nowaki kana

43. Die personifizierten Begriffe ›Schatten‹ und ›Halbschatten‹ gehen auf einen Abschnitt bei Zhuangzi zurück (Buch 11). Dort unterhalten sich beide über die geistigen Voraussetzungen des absichtslosen Lebens. Hier als Wendung gebraucht für eine meditativ-kontemplative Weltbetrachtung – die erwähnte Lampe lässt überdies auf eine Lektüre diesbezüglicher Schriften schließen. (Mit ›Halbschatten‹ sind die zarten Schattenränder gemeint, die durch die Überlagerung des Schattens zweier verschiedener Lichtquellen, hier Mond und Lampe, entstehen.)

44. Feststehender Ausdruck für das Eremitenleben in daoistisch-buddhistischer Haltung.

45. Seine Jugendzeit ausgenommen, in der er Diener eines fürstlichen Erben gewesen war, hatte Bashô kein länger währendes Arbeitsverhältnis. Um 1673 (anderen Quellen zufolge 1678) soll er kurze Zeit beim städtischen Wasseramt in Edo gearbeitet haben.

46. Ausdruck für die Hinwendung zur buddhistischen Lehre im Allgemeinen und zur Zen-Schule im Besonderen. Bashô praktizierte über Jahre hinweg die Zen-Meditation unter Anleitung seines Meisters Butchô (s. Anm. 8). 1677 (oder erst 1679?) ließ er sich das Haar scheren, ohne jedoch einer strengen, klösterlichen Lebensführung zu folgen.

47. Das Motiv der treibenden Wolken ist ein zentraler Topos der ostasiatischen Literatur, im engeren Sinn (*unsui*, wörtl. ›Wolken-und-Wasser‹) als Ausdruck für einen buddhistischen Wandermönch, im weiteren Sinn taoistischer Gelassenheit dem Ideal verpflichtet, sich dem Geschehen der Dinge anzupassen, dem Weg des natürlichen Fließens zu folgen.

48. Wörtl.: *kono hitosuji ni tsunagaru*. Dieser Begriff für die ausschließliche Hingabe an den eigenen ›Weg des Dichtens‹ wird von Bashô mehrfach gebraucht, zu Beginn des *Oi no kobumi* etwa wie in verschiedenen Briefen.

49. Bai Juyi (772–846) ist eine der größten Dichtergestalten der chinesischen Literatur; in Japan unter dem Namen Hakurakuten bekannt. In der traditionellen chinesischen Medizin wird die Harmonie der ›Fünf inneren Wirkungskreise‹ (chin. *wuzang* , jap. *gozô*; Leber, Herz, Milz, Lungen und Nieren) für die Gesundheit als besonders wichtig erachtet. Wird sie gewahrt, bieten diese Bereiche fördernden Kräften Raum, andernfalls können sich dort schädigende Geister festsetzen.

50. Du Fu (s. Anm. 21) bildet zusammen mit Li Bai (jap. Ri Haku; 701–762) das Zweigestirn der chinesischen Dichtung der Tang-Zeit. Li Bai zitiert in einem Gedicht (*Li Bai zeng Du Fu* aus der Sammlung *Bai shi wenji*) folgende Klage seines Dichtergenossen: Weißt du, dass ich über den Mühen des Dichtens ganz abgemagert bin?

51. Die Unterschiede, auf die Bashô hier anspielt, betreffen zunächst seine ›Anmaßung‹, sich in eine Reihe mit den erwähnten Dichtergrößen zu stellen – mit ihnen verglichen ist er natürlich nur töricht und unbelesen … Aber, wie die Fortführung zeigt, geht es ihm zugleich um die Nebensächlichkeit solcher Unterschiede zwischen den einzelnen Menschen: angesichts der Notwendigkeit, die eigene (leidvolle und illusorische) Verfasstheit im buddhistischen Sinn zu erkennen.

52. Dieses Gedicht enthält sehr unterschiedli-

che Bedeutungsebenen, die sich sämtlich auf literarische Vorgänger beziehen. Die Übertragung des hier als ›Eiche‹ übersetzten Baums (castanopsis) will vor allem den Schutzcharakter berücksichtigen, wie er in seinem Bildgebrauch intendiert ist. Einen Schutz ähnlicher Art etwa evoziert das Bild ›am Fuß (= im Schatten) der Eichen‹ in seiner bekanntesten literarischen Fundstelle, dem *Genji monogatari* vom Beginn des 11. Jhs., das ein Kapitel gleichen Namens besitzt (*Shii ga moto*). Dort beklagt eine Hauptgestalt ihren toten Mentor mit folgendem Gedicht:

Der mir Schutz war
wie jener Schatten der Eiche
ist nun gestorben.
Ein leerer Raum
ist endgültig dies geworden.

tachiyoramu
kage to tanomishi
shii ga moto
munashiki toko ni
narinikeru kana

Eine ergänzende Bedeutungsebene lässt sich der Schilderung in einem Brief an Kyokusui vom 30. Tag des 6. Monats 1690 entnehmen: ›[Oben] auf dem ›Affensitz‹ bedichte ich den Mond, im Schatten der Eichen fröne ich dem Müßiggang und vergnüge mich bar jedes Nutzens (...)‹.

KAMO NO CHÔMEI

Kamo no Chômei wurde um 1155 als Sohn des Leiters des schintoistischen Shimogamo-Schreins in Kyôto geboren. Der Schrein unterstand direkt dem Kaiser. Chômei erhielt bereits mit sieben Jahren einen Hofrang, seine Aussichten auf das Amt des Vaters zerschlugen sich jedoch mit dem Tod des Vaters (um 1172). Chômei blieb auf dem Familienanwesen in Kyôto, betrieb das Studium der Musik und der japanischen Dichtkunst, wurde zum versierten Spieler der Laute (*biwa*) und gehörte zu dem berühmten Kreis um den Dichter und buddhistischen Priester Shun'e Hôshi; mit 27 Jahren stellte er eine Sammlung mit eigenen Waka zusammen. 1201 wurde er von Exkaiser Gotoba zur Zusammenstellung der kaiserlichen Gedichtanthologie *Shinkokin Wakashû* als Beamter eingestellt. 1204 setzte sich Gotoba für die Ernennung Chômeis zum Leiter eines Zweig-Schreins des Shimogamo-

Schreins ein – was der Erfüllung seiner ursprünglichen Ambitionen auf das Amt seines Vaters nahegekommen wäre. Das Vorhaben scheiterte, Gotoba bot Chômei ein ähnliches Amt an einem unbedeutenderen Schrein an, woraufhin Chômei aus Kyôto verschwand und durch einige Abschiedsgedichte wissen ließ, dass er sich zum buddhistischen Mönchsleben entschlossen hatte. Chômei verbrachte die ersten fünf Jahre als *shami* (Laienmönch) in Ôhara, nicht weit vom nördlichen Rand von Kyôto, wo sich eine wachsende Gruppe von Laienmönchen und Einsiedlerdichtern angesammelt hatte. Um 1208 bot sich ihm die Möglichkeit, sich im Südosten von Kyôto auf dem in den Bergen gelegenen Gelände des Hôjaki-Tempels in Hino eine eigene Hütte zu errichten. Dort lebte er bis zu seinem Tod im Jahr 1216. Während der Jahre, die er dort verbrachte, sind drei größere Werke entstanden: *Mumyôshô* (›Namenlose Abhandlung‹), um 1210, eine Sammlung von Texten zu japanischen Dichtern und ihrer Poetik, das *Hôjôk*i, 1212, und *Hosshinshû* (›Sammlung von Geschichten zur religiösen Erweckung‹), 1214/15.

Kommentar und Anmerkungen zu KAMO NO CHÔMEI: *Aufzeichnungen aus den zehn Fuß im Geviert meiner Hütte* von NELLY und WOLFRAM NAUMANN

Das *Hôjôki* entstand 1212, in der Zeit der neubegründeten Militärregierung in Kamakura, nachdem die Kaisermacht 1185 zusammengebrochen war. Der Titel bezieht sich auf die winzige Klause, in der Chômei die letzte Phase seines von bitteren Erfahrungen geprägten Lebens verbringt. Welterkenntnis und -abkehr entsprechen dem damals verbreiteten buddhistischen Gedankengut. Die Schrift behandelt Erlebtes und motiviert seine Haltung, die deutlich Ambivalenz verrät: die geschilderten Katastrophen führen ihn zwar zur Weltflucht aus Welterkenntnis, am Ziel seiner Flucht aber, eben in jener Hütte, genießt er das Dasein, freut er sich seines Idylls und der Künste. Zu dieser Selbstkritik, von ihm ebenso vermerkt wie aufkeimende Zweifel an seiner Gläubigkeit, kommen gesellschaftstheoretische Ansätze, die darauf hinauslaufen, dass der bedürfnislose Einsiedler das ideale Leben führe, weil er weder soziale Verpflichtungen zu erfüllen noch fremde Arbeitskraft in Anspruch zu nehmen habe.

Der Traktat wird zur Gattung der Miszellen-Literatur (*zuihitsu*) gezählt, obwohl er sich von dieser durch inhaltliche Geschlossenheit unterscheidet. Er beginnt mit einem Gleichnis: ›Der Strom des dahinziehenden Flusses nimmt kein Ende, und doch ist es nicht das ursprüngliche Wasser‹. Wie mit diesem ewig sich erneuernden Strom verhält es sich mit den Menschen und ihren Wohnungen: Sie ›wetteifern in der Vergänglichkeit‹. Diesen Satz illustriert Chômei mit der präzisen Schilderung selbsterlebter Katastrophen, von denen die Hauptstadt Kyôto heimgesucht wurde: die Feuersbrunst von 1177, der Wirbelsturm und die überstürzte und missglückte Verlegung der Hauptstadt nach Fukuhara im Jahr 1180, die große Hungersnot von 1181/82 und das gewaltige Erdbeben von 1185. Aber nicht nur einschneidende Ereignisse dieser Größenordnung verleiden dem Berichterstatter das urbane Leben; es ist der ›widerwärtige Aufenthalt in dieser Welt‹ schlechthin mit seinen sozialen Unverträglichkeiten und Zwängen, dem der ohnehin verarmende Chômei zu entfliehen bestrebt ist.

Kamo no Chômei war nur einer unter vielen Eremiten im mittelalterlichen ostasiatischen Raum. Doch seine literarische Leistung, das Furchtbare der Welt ›draußen‹ ebenso genau und gemessen zu beschreiben wie die intime, dem Locus amoenus der lateinischen Tradition verwandte Waldidylle, sodann seine zwar überzeugende, aber niemals fanatisch, eher nüchtern und mit pessimistischen

Vorbehalten vorgetragene Gläubigkeit, schließlich der konsequente Aufbau des Ganzen, die kausale Verknüpfung der Teile und die geradezu humanistische Beredsamkeit lassen das kleine Werk als Klassiker erscheinen.

1. Anspielung auf die Sutra des Vimalakirti, wo es in Kap. 2 heißt: ›der menschliche Leib ist wie Schaum, der sich nicht lange hält‹.

2. Etwa 19 bis 21 Uhr.

3. Das Suzako-Tor war der südliche Haupteingang zum Kaiserpalast.

4. Der unserer Übersetzung zugrunde gelegte Text hat mehrere zehn, wir stützen uns jedoch auf die anderweitig überlieferte wahrscheinlichere Textvariante.

5. Die Häuser der Adligen sowie Tempel und Schreine waren mit Schindeln aus Zypressenrinde gedeckt, einfache Häuser mit Holzlatten.

6. Der Wind des Karma, der aus menschlicher Sünde folgt.

7. Südsüdwest.

8. Die Hauptstadt wurde auf Veranlassung des Taira no Kiyomori, des ehemaligen Großkanzlers und derzeit mächtigsten Mannes im Staate, nach Fukuhara (das heutige Kôbe, etwa 70 km südwestlich von Kyôto) verlegt, das er zu einer größeren Stadt ausgebaut hatte. Kaiser und Exkaiser resi-

dierten aber nur etwa ein halbes Jahr in Fukuhara, eine Umsiedlung für längere Zeit erwies sich als undurchführbar.

9. Kyôto (Heian-kyô) wurde 794 von Kaiser Kammu gegründet. Sein Sohn Heijô, der 809 zugunsten seines Bruders, Kaiser Saga, Thronverzicht geübt hatte, versuchte 810 auf den Thron zurückzukehren, wobei er Nara wieder zur Hauptstadt machen wollte. Der Plan misslang, Exkaiser Heijô musste sich in ein Kloster zurückziehen und Kyôto blieb Hauptstadt. Kamo no Chômei spielt wahrscheinlich auf diese Ereignisse an.

10. Holz und Balken etc. wurden über den Yodo-Fluss zu der neuen Hauptstadt geflößt, wo die Häuser wieder aufgebaut werden sollten.

11. Kamo no Chômei hat hier den Wandel vor Augen, der sich durch die Verschiebung der Machtverhältnisse ergab: Pferd und Sattel kennzeichnen den Kriegeradel, der in den voraufgegangenen Jahrzehnten zur Macht gelangt war, Rind und Wagen waren die Fortbewegungsmittel des Hofadels, der seine Vormachtstellung verloren hatte. Kamo no Chômei beklagt diesen Wandel (s. a. weiter unten: ›Betrachtete man die Straßen …‹), er äußert Verachtung für den Kriegerstand.

12. Zu den Ländereien im Südwesten gehörten auch die Privatländereien der damals dominierenden Familie Taira oder Heike; sie lagen näher an

der neuen Hauptstadt als die des rivalisierenden Clans der Minamoto im Nordosten.

13. Anspielung auf die Bohlenhalle, welche die Kaiserin Saimei (594–661) 661 in Chikuzen auf der südjapanischen Insel Kyûshû zu zeitweiligem Aufenthalt vor dem Aufbruch zu einer kriegerischen Auseinandersetzung mit dem koreanischen Königreich Silla erbaut haben soll. Die Bohlenhalle, auch Blockhaus-Palast genannt, wird in einem Gedicht von Kaiser Tenchi – Sohn und Nachfolger von Saimei – in der kaiserlichen Waka-Anthologie *Shin-Kokin wakashû* (1205) besungen.

14. Entsprechende Berichte gab es über verschiedene Herrscher von China und Japan.

15. Man konnte dort Nüsse und essbare Pflanzen sammeln und entging in den Bergen (als einem Ort des Asyls) dem Steuerdruck, der keineswegs trotz der Notlage gemildert war.

16. Um Regen herbeizuführen, wurden in Shintô-Schreinen und buddhistischen Tempeln Gebete und Sutrenlesungen angeordnet, dazu führte man offiziell und inoffiziell die verschiedensten Zauberpraktiken und Opferhandlungen durch.

17. Leute aus gutem Hause, die sich an die Etikette halten, werden durch den Hunger zum Betteln getrieben.

18. Im Flusslauf des Kamo, der am Ostrand von Kyôto entlang floss, bildeten sich Sandbänke, die in

den trockenen Monaten als Straßen benutzt wurden.

19. Das letzte der Drei Weltalter des fortschreitenden Verfalls der buddhistischen Wahrheit nach dem Tod des historischen Buddha, gekennzeichnet durch allgemeine Unordnung und universalen Verfall. Es war nach der in Japan vertretenen Geschichtsauffassung im Jahr 1052 angebrochen.

20. Prominenter Tempelkomplex am Nordwestrand von Kyôto und Zentrum des esoterischen Buddhismus.

21. Nach der Lehre des esoterischen Buddhismus wird das A als erster Buchstabe des Sanskrit-Alphabets als Wurzel aller Dinge betrachtet. Durch die Betrachtung des Buchstabens A lassen sich alle Leiden überwinden, kann man von allem Übel erlöst werden.

22. Es handelt sich um die dicht besiedelte Osthälfte der Stadt. Die westliche Hälfte war zu dieser Zeit in weiten Partien unbewohnt.

23. In Nara.

24. Kamo no Chômei spielt hier vermutlich auf den Tod seines Vaters an, den er verlor, als er etwas über zwanzig Jahre alt war. Damit zerschlug sich offensichtlich auch seine Hoffnung, die Nachfolge seines Vaters als Priester an einem Zweigschrein des Shimogamo-Schreins antreten zu können, ein Amt, das sich durch Generationen in der Familie vererbt hatte.

25. Das Wortspiel in diesem Satz mit dem japanischen Ausdruck für ›Räuber‹ *shiranami,* wörtlich ›weiße Wellen‹, ist in der deutschen Übersetzung nicht wiederzugeben.

26. Übliche Wendung für den Eintritt ins Mönchsleben, in die Nachfolge Buddhas.

27. ›Sich auf Wolken betten‹ – Tropus der chinesischen Poesie für den Rückzug aus der Gesellschaft, um ein Einsiedlerleben in der Natur zu führen. Das Dorf Ôhara war ein beliebtes Zentrum buddhistischer Weltabkehrer, ca. 20 km nördlich von Kyôto.

28. Eine poetische Übertreibung seines für die damalige Zeit fortgeschrittenen Alters von 54 Jahren.

29. Das Sims für das Opfer mit Wasser und Blumen ist ausgerichtet auf das ›westliche, reine Land‹ (*saihô jôdo*) des Amida Buddha.

30. Fugen ist ein auf einem Elefanten dargestellter altruistischer Nothelfer (Boddhisattva), der Buddhas magische Kraft und die Ideale der tiefen Einsicht, Meditation und Askese verkörpert. Nach dem Lotos-Sutra beschützt er die Gläubigen und hilft ihnen auf dem Weg zur Erleuchtung. Das ›Sutra vom Lotos des Wahrhaftigen Darma‹ ist der Haupttext des Mahayana-Buddhismus, speziell der esoterischen Tendai-Sekte, er enthält die Lehre des historischen Buddha und informiert über die Manifestationen des ewigen Buddha.

31. Gemeint ist das *Ôjôjôshû* (›Grundlagen der Erlösung‹), 985 verfasst von dem Priester Genshin (942–1017), der der Tendai-Sekte angehörte. Es basiert auf Exzerpten verschiedener buddhistischer Schriften und setzt einen Schwerpunkt auf die Verehrung des Amida und das Ziel der Wiedergeburt in Amidas ›westlichem, reinem Land‹.

32. Im Westen liegt das buddhistische Paradies.

33. Für ihn als buddhistischer Mönch, der keiner Klostergemeinschaft angehörte, galten vermutlich die Regeln für Novizen, wie das Verbot zu töten, Alkohol zu trinken, ein ausschweifendes Leben zu führen etc.

34. Anspielung auf ein Gedicht des Sami Mansei (Mansei war 721 Mönch geworden), das im *Shûishû* enthalten ist:

Die Welt hienieden –
womit vergleich ich sie wohl:
Im Morgengrauen
hinausrudernder Boote
weißschäumende Wellenspur.

35. Jap. *katsura* (cercidiphyllum japonicum).

36. Anspielung auf ein ›Lauten-Weise‹ betiteltes Gedicht des chinesischen Dichters Po Chü-i [Bai Juyi], das er in seinem Exil in Jiangzhou [vgl. S. 63–70 in diesem Band] verfasst hat. Darin heißt es:

Am Hsinyang-Fluss
geleite ich den nächtlichen Gast.
In den Blättern des Zimtbaums,
in den Blüten des Schilfs
singt der Herbstwind.

37. Gen Totoku (Minamoto no Tsunenobu, 1016–1097) begründete die ›Zimtbaum-Schule‹ (Katsura-Schule) des Lautenspiels.

38. ›Herbstwindvergnügen‹ und ›Fließender Quell‹ waren klassische Stücke der Harfen- und Lautenmusik.

39. Die Schilfsprossen, welche die Blütentriebe enthielten, dienten als Gemüse.

40. Anspielung auf Semimaru, einen berühmten Lautenspieler, der am Ôsaka-Berg, südlich von Ôtsu, wohnte. Er soll der Legende nach ein Sohn des Kaisers Daigo (897–930) gewesen sein, der angeblich von seinem Vater in die Einsamkeit des Bergpasses von Ausaka (zwischen Kyôto und dem Biwa-See) verbannt wurde, als er aufgrund einer Krankheit erblindete. Sein wunderbares Spiel auf der Biwa-Laute soll namhafte Lautenspieler bewegt haben, ihn in seiner armseligen Hütte aufzusuchen.

41. Legendärer Dichter vom Beginn der Heian-Zeit, der in einer Hütte in der Gegend des südlichen Ufers vom Biwa-See lebte.

42. Das Weinen beim Schreien der Affen und

die Assoziation des Mondes mit früheren Freunden sind klassische poetische Motive in der chinesischen Lyrik.

43. Die Fischer zündeten Fackeln an, um nachts die Fische anzulocken. Die Insel Makinoshima liegt am Ostufer des Flusses Uji.

44. Das Motiv des Erwachens durch den Regen und seine Deutung als Wind in den Bäumen ist eine Anspielung auf ein Gedicht von Nôin Hôshi (988 bis ca. 1058).

45. Anspielung auf ein Gedicht des Gyôgi (668–749), das im *Gyokuyôshû* enthalten ist:

Der Kupferfasan
schreit sein horohoro, hör ich seine Stimme:
denkt er wohl an den Vater?
Denkt er wohl an die Mutter?

46. Anspielung auf ein Gedicht von Saigyô (1118–1190), das im *Kikigaki-shû* enthalten ist (übers. von Ekkehard May):

Hier im tiefen Bergwald –
von den vertrauten Vögeln
hört man keinen Laut;
nur das schaurige Rufen
der Eule – hohl-tönend.

47. Kudzu-Kletterwein (pueraria lobata): aus den Fasern des Stängels ließ sich ein grober Stoff gewinnen.

48. Die drei Welten (jap. *sangai*) sind die drei Seinszustände, in denen sich die Wiedergeburt alles Lebenden vollzieht: die Welt der Begierde, der Farben (Formen) und der Farblosigkeit (Formlosigkeit).

49. Sieben Arten kostbarer Dinge: Gold, Silber, Smaragd, Glas, Koralle, Achat, Riesenmuschel (tridacna gigas lam.).

50. Wer im diesseitigen Leben keine Erleuchtung gefunden hat, muss nach dem Tode dafür büßen und auf diesen ›Drei schlimmen Wegen‹ gehen: dem Weg des Feuers (Weg der Hölle), dem Weg der Schwerter (Weg der Hungerteufel, d. h. derjenigen, die als Hungerteufel wiedergeboren werden) und dem Weg des Bluts (Weg der Bestien, d. h. derjenigen, die als Bestien wiedergeboren werden). Auf dem Weg des Feuers wird man durch schreckliches Feuer verbrannt, auf dem Weg der Schwerter mit Schwertern und Stöcken gequält, auf dem Weg des Blutes fällt man sich gegenseitig an. Die Ebene der Wiedergeburt hängt von der Art der schlechten Taten eines Menschen ab.

51. Vimalakirti hatte eine ebensolche Hütte zur Meditation gebaut (vgl. Anm. 1 und 2).

52. Der Name Amidas wird angerufen, um Erlö-

sung zu erlangen. Dass Chômei die Anrufung als ›leer‹ bezeichnet, deutet darauf hin, dass er sich selbst der Erlösung nicht würdig fühlte.

53. Der Mönchsname von Chômei.

BAI JUYI

Bai Juyi (772–846) war unter den großen Dichtern der Tang-Periode (618–907) der produktivste und meistgelesene. Er verfasste mehr als 2800 Gedichte und war stets bemüht um einen leicht verständlichen, volksnahen Ton. Er befasste sich in seiner Lyrik wie auch in seinen politischen Ämtern mit den sozialen Problemen seiner Zeit und kritisierte den dekadenten Lebensstil korrupter Beamter.

Als Sohn eines verarmten Gelehrten absolvierte er die staatlichen Prüfungen mit Auszeichnung und wurde im Jahr 800 als Lektor an die Kaiserliche Palastbibliothek in Chang-an berufen, seit 807 war er Mitglied der Hanlin-Akademie. Wegen kritischer Äußerungen an höhergestellten Amtsträgern wurde er 815 auf den Posten eines Vizepräfekten herabgestuft und nach Jiangxi, eine entlegene bäuerliche Region südlich des Yangtze, strafversetzt und führte dort den eher bescheidenen Titel eines ›Marschalls‹ (*sima*) oder Adjutanten.

Im darauffolgenden Jahr begann er, Ausflüge in

das nahegelegene Lu-Gebirge zu unternehmen und beschloss, sich dort ein kleines Haus zu errichten, wo er wohnen konnte, wenn ihn seine Amtspflichten nicht daran hinderten. Entgegen seinem in den Aufzeichnungen geäußerten Wunsch, sich ganz von seinen Beamten-Pflichten zurückzuziehen und den Rest seines Lebens in seiner Berghütte zu verbringen, wurde Bai Juyi bereits 818 als Präfekt von Hangzhou in einen anderen Landesteil versetzt und musste seine Grashütte verlassen – weniger als zwei Jahre später, nachdem sie fertiggebaut war.

822 folgte eine Präfektur von Hangzhou, später dann von Suzhou. Im Jahr 829 wurde Bai Juyi Bürgermeister von Luoyang, der östlichen Hauptstadt. Nach seiner Pensionierung 833 gab er sich ganz der Muße und dem Buddhismus hin und lebte als ›Eremit von Xiangshan‹ in einem ungenutzten Teil des Xiangshan-Klosters in der Nähe von Luoyang.

Sein Werk war äußerst populär und wurde noch zu seinen Lebzeiten ediert. Seine beiden bis in die Gegenwart bekannten Gedichte sind ›Chang hen ge‹, 806 (›Das Lied vom langen Leid‹), über die Liebe des Kaisers Xuanzong zu seiner Konkubine Yang Guifei, und ›Pipa xing‹, 816 (›Das Lied von der Laute‹). Noch während der Tang-Zeit drang sein Ruhm bis nach Japan und Korea. In Japan, wo er unter dem Namen ›Haku Rakuten‹ bekannt ist, hat er lange großen Einfluss ausgeübt.

Seine einfache Diktion kam dort dem Zen-Buddhismus und der Vorstellung einer verhaltenen Ästhetik entgegen. Er galt als Beispiel und Vorbild dafür, dass und wie die ›törichten Worte‹ der Dichtung (*kyôgen kigo*) mit der buddhistischen Wahrheits- und Jenseitssuche zu vereinen waren.

Bay Juyis Prosastück über seine grasgedeckte Hütte ist in der *ji*- oder ›Bericht‹-Form gehalten, eine sehr verbreitete Form in der chinesischen Literatur. In der Tang-Zeit wurde sie für beschreibende Texte verwendet, vor allem solche, die an eine Reise oder einen Ausflug, an ein Gebäude oder einen Naturanblick von besonderer Schönheit erinnern sollten. Weithin berühmte Werke in der *ji*-Form stammen von Bai Juyis Zeitgenossen Liu Zongyua (773–819), in denen er Szenerien am Ort seines Exils im Süden schildert. Bai Juyi schrieb mehrere Kurz-Prosastücke in der *ji*-Form.

Anmerkungen zu BAI JUYI: *Aufzeichnungen aus meiner grasgedeckten Hütte im Lu-Gebirge*

1. Bai Juyi spielt mit *caotang*, ›grasgedeckte Hütte‹, auf den von ihm verehrten Tang-Dichter Du Fu (712–770) an, der sein Haus außerhalb der Stadtmauern in Chengdu so bezeichnete.

2. Der Lushan (›Hüttenberg‹, ›Hüttenberg-Gebirge‹) ist eines der geschichtsträchtigsten topographischen Wahrzeichen Chinas. Majestätisch ragt er am nordwestlichen Ufer des Boyang-Sees am Zufluss des Xunyangjiang südlich von Jiujiang bis zu einer Höhe von 1474 m empor. Er ist auf drei Seiten von Wasser umgeben. Seit Eremiten zu Beginn der Zhou-Dynastie um 1000 v. Chr. hier eine ›Hütte‹ errichteten, galt der Lushan als Refugium für weltflüchtige Daoisten und Buddhisten, für Naturfreunde und eskapistische Weise, wie etwa die Dichter Tao Yuanming (365–427), Xie Lingyun (385–433) und Li Bai (701–762), der hier Schutz und Zuflucht fand, als gegen Ende des Jahres 755 der Aufstand des Rebellengenerals An Lushan das Reich zu erschüttern begann.

3. Darunter hat man sich keine Stühle, sondern Ruhebänke vorzustellen, die mit Polstern versehen zum Sitzen und zum Liegen verwendet wurden. Im Übrigen saß man zur Tang-Zeit in China meist auf dem Boden. Der Stuhl war ursprünglich kein chinesisches Sitzmöbel, sondern stammte vermutlich aus Vorderasien. Seine Verwendung wurde erst in der Song-Zeit weithin gebräuchlich.

4. Huiyong (332–414) und Huiyuan (334–416) waren zwei der einflussreichsten buddhistischen Kirchenväter; im Lu-Gebirge lebte Huiyong seit 377 im ›Westhain-Kloster‹ (Xilinsi), Huiyuan seit etwa

384 im ›Osthain-Kloster‹ (Donglinsi). Zong Bing (375–443) und Lei Cizong (386–448) waren Schüler von Huiyuan; Zong Bing kehrte vom Lu-Gebirge an seinen Wohnort Jiangling zurück und verfasste die erste bekannte Abhandlung über Landschaftsmalerei, die ›Einführung in die Landschaftsmalerei‹ (*Hua shanshui xu*).

Hinweise zu japanischen Komposita und ihren Umschriften und Wiedergaben

Die Segmentierung und ggf. Übersetzung bedeutungstragender Teile von japanischen Komposita wird von den Übersetzern der drei japanischen Texte (Ekkehard May, Jörg B. Quenzer, Nelly und Wolfram Naumann) in diesem Band nicht einheitlich gehandhabt. Wir finden z. B. *uta-makura* ›die berühmten poetischen Orte‹ (May) neben *utamakura* ›Gedichtkopfkissen, d. h. bedichtungswürdige Ortmotive‹ (Quenzer). Da die Abgrenzung, was wann als Suffix und eigener Bedeutungsbestandteil zu trennen sei, linguistisch nicht immer eindeutig ist, und bislang kein allgemeinverbindlicher Standard existiert, wurde auf eine Vereinheitlichung verzichtet. Überdies können bei der Transkription auch rhetorisch-poetische Aspekte ins Spiel kommen.

Bestandteile von japanischen Komposita wurden daher teils ins Deutsche übersetzt, teils wurde die klangliche Einheit belassen: so findet sich z. B. *Ishiyama* ›Steinberg‹ (May und Quenzer) neben Ishi-Berg (Naumann) oder der Berg Ishi (May).

Im Folgenden eine kleine Liste mit Suffixen für geographische Namen:

-*gawa* ›Fluss‹
-*mine* ›Gipfel‹
-*san* ›Berg‹
-*shima* ›Insel‹
-*yama* ›Berg‹

Gelegentliche Unterschiede in den Lesungen der Ortsnamen in den beiden Fassungen des Bashô-Textes ergeben sich zudem aus der Benutzung unterschiedlicher japanischer Ausgaben. Ekkehard May benutzte als Vorlage die Edition *Nihon koten bungaku zenshû* (Bd. 41, 1972), Jörg B. Quenzer die Edition *Shin Nihon koten bungaku taikei* (Bd. 70, 1990).

Quellennachweise

MATSUO BASHÔ, *Genjûan no ki*. Aufzeichnungen aus der Klause der Illusionen. Aus dem Japanischen übersetzt und kommentiert von Ekkehard May. Aus: MATSUO BASHÔ, *Haibun*. Herausgegeben und aus dem Japanischen übertragen von Ekkehard May. Dieterich'sche Verlagsbuchhandlung Mainz, 2015, S. 271–289.

MATSUO BASHÔ, *Genjûan no ki*. Aufzeichnungen aus der Klause des Wahns. Aus dem Japanischen übersetzt und kommentiert von Jörg B. Quenzer. Aus: BASHÔ, *Sarumino*. Das Affenmäntelchen. Herausgegeben und aus dem Japanischen übertragen von G. S. Dombrady. Dieterich'sche Verlagsbuchhandlung Mainz, 1994, S. 187–200. Mit erweiterten Kommentaren als: Jörg B. Quenzer, ›Verweilen im Wahn der Welt‹. Das sechste Kapitel der Sammlung Sarumino von Bashô. Einführung, Übersetzung und Kommentar. In: NOAG, Heft 159/60 (1996), S. 131–172. Für den vorliegenden Abdruck durchgesehen von Jörg B. Quenzer.

KAMO NO CHÔMEI, *Hôjôki*. Aufzeichnungen aus den zehn Fuß im Geviert meiner Hütte. Aus dem Japanischen übersetzt und kommentiert von Nelly und Wolfram Naumann. Aus: *Die Zauberschale. Er-*

zählungen vom Leben japanischer Damen, Mönche, Herren und Knechte. Ausgewählt und aus dem Japanischen übersetzt von Nelly und Wolfram Naumann. Hanser Verlag München, Wien 1973, S. 254–266, S. 403–406. Copyright 1973 Carl Hanser Verlag GmbH & Co. KG, München.

BAI JUYI, *Lushan caotang ji.* Aufzeichnungen aus meiner grasgedeckten Hütte im Lu-Gebirge. Aus dem Chinesischen übersetzt mit Anmerkungen von Volker Klöpsch. Aus: Ausgewählte Prosa der Tang und Song. Herausgegeben von Volker Klöpsch. Verlag der Pädagogischen Hochschule Peking 2016, Bd. 1, S. 208–217. Für den vorliegenden Abdruck durchgesehen von V. Klöpsch.

Hinzugezogene Literatur

Burton Watson [Übers.]: *Four Huts. Asian Writings on the Simple Life.* Boulder 1994

Nicola Liscutin [Übers.]: *Kamo no Chômei. Aufzeichnungen aus meiner Hütte.* Frankfurt/Main 1997

Meredith McKinney [Übers.]: *Kenkô and Chômei. Essays in Idleness and Hôjôki.* London 2013

William LaFleur: *The Karma of Words: Buddhism and the Literary Arts in Medieval Japan.* Berkeley 1983

Kindlers Literatur Lexikon, Artikel zu Kamo no Chômei und *Hôjôki* von Wolfram Naumann; Artikel zu Bai Juyi von Shen-Chan Hwang & Wolfgang Kubin

IMPRESSUM

ISBN 978-3-87162-116-1

Satz & Gestaltung de Jong Typografie, Essen
Satzschrift Baskerville Pro
Druck und Bindung Beltz Grafische Betriebe GmbH, Bad Langensalza
Covermotiv Die Hütte Genjûan in den Bergen. Detail der Bildrolle *Bashô-ô ekotoba-den* (1793); Gichûji, Ôtsu.
Abbildungen im Innenteil
S. 10/11, S. 21, S. 35, S. 65, S. 70/71 aus: Sesshû Tôyô (1420–1506) et al., Reproductions from Works by Famous Japanese Artists of Chinese School, ink on paper, 1818; Metropolitan Museum of Art, New York.
S. 24 aus: Yosa Buson (1716–1783) et al., Pictures by Famous Artists (Meika gafu), ink and color on paper, 1814; Metropolitan Museum of Art, New York

Bibliographische Information der Deutschen Nationalbibliothek: Die Deutsche Nationalbibliothek verzeichnet diese Publikation in der Deutschen Nationalbibliographie: detaillierte bibliographische Daten sind im Internet unter http://dnb.dnb.de abrufbar.

www.dvb-mainz.de